Faoin Sceach Gheal

[...] [...]n bhí Éire i ngreim ag an n[...]a. Nuair [...]ir is a máthair gan tuairisc ag iarraidh greim a [...]oláthar dá gclann, fágtar na Drisceolaigh óga, [...]Micheál agus Peig, leo féin. Cad a dhéanfaidh siad ar [...]r ar bith? I gCaisleán an tSagairt, baile i bhfad i gcéin, tá cónaí ar dhá sheanaintíní leo a mbíodh a máthair ag scéalaíocht orthu. Le héalú ó uafás Theach na mBocht, cuireann na páistí chun siúil ag triall ar na haintíní. Ach nuair atá an tír lán guaise is galair, an bhfuil a leithéid de thuras indéanta?

Scéal corraitheach ar mhuirín amháin agus ar a gcuid misniúlachta is seiftiúlachta is dílseachta agus iad faoi luí na cinniúna ba throime dár bhuail muintir na hÉireann riamh.

"... leabhar álainn, corraitheach … iontaofa mar stair agus spreagúil mar úrscéal"
THE SUNDAY TIMES

"Scéal éachtach ar bhuanseasmhacht an duine"
SUNDAY INDEPENDENT

Do m'iníon
Amanda
"an mháthair bheag"

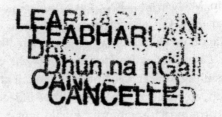

Buíochas

Tá focal buíochais ar leith as ucht a dtacaíochta agus a spreagtha ag dul dóibh seo a leanas: m'fhear céile James, mo mháthair is m'athair Mary agus Patrick Conlon, m'Aint Eleanor (Murphy), Brigid Brady, Pat Donlon, Anne O'Connell, agus Ionad Tyrone Guthrie, Eanach Mhic Dheirg.

Gradaim atá buaite ag an mbunleabhar
Under the Hawthorn Tree

1991

GRADAM AN CHUMAINN LÉITHEOIREACHTA IDIRNÁISIÚNTA

1991

Príomhghradam CHUMANN LÉITHEOIREACHTA NA hÉIREANN

1993

OSTERREICHISCHER KINDER UND JUGENDBUCHPREIS

1994

(ar an ngearrliosta do)

GRAND PRIX EUROPEEN DU ROMAN

POUR ENFANTS DE LA VILLE DE POITIERS

EAGRÁIN EACHTRANNACHA ar fáil sna teangacha seo :
Béarla: an Bhreatain agus an Astráil, Stáit Aontaithe Mheiriceá; Fraincis, Gearmáinis, Ollainnis, Danmhairgis, Suálainnis, Iodáilis, Seapáinis

Tá scannán déanta de
Under the Hawthorn Tree
ag Young Irish Filmmakers
i gcomhar le Channel 4 Learning

Leabhair Eile le MARITA CONLON-McKENNA

Wildflower Girl

Fields of Home

The Blue Horse

No Goodbye

Safe Harbour

In Deep Dark Wood

Little Star (leabhar phictiúrtha)

Granny MacGinty (leabhar phictiúrtha)

An tÚdar

Tá MARITA CONLON-McKENNA ar na scríbhneoirí Éireannacha is mó a bhfuil tóir ar a gcuid leabhar do dhaoine óga. *Under the Hawthorn Tree* an chéad úrscéal óna peann, agus chuaigh sé caol díreach ar liosta na leabhar ba mhó díol. Tá sé ráite gurb é seo an t-úrscéal stairiúil don aos óg is fearr ar éirigh leis riamh. Cuireadh athchló go minic air ó foilsíodh é den chéad uair i 1990, agus tá an margadh idirnáisiúnta bainte amach aige ina aistriúcháin agus ina eagráin eachtrannacha. Bhí éileamh mar an gcéanna ar an dara leabhar sa tsraith, *Wildflower Girl*, agus ar an triú ceann, *Fields of Home*. Tá seacht n-úrscéal scríofa ag Marita go dtí seo, chomh maith le leabhair phictiúrtha do leanaí óga. Tá cónaí uirthi i mBaile Átha Cliath lena fear agus lena gceathrar clainne.

An tAistritheoir

Aistritheoir aithnidiúil í Máire Nic Mhaoláin, a bhfuil cuid mhaith leabhar i dteangacha éagsúla tiontaithe go Gaeilge aici, agus duaiseanna Oireachtais go leor buaite aici.

FAOIN SCEACH GHEAL

Marita Conlon-McKenna

Máire Nic Mhaoláin
a chuir i nGaeilge

Donald Teskey a mhaisigh

THE O'BRIEN PRESS
Cló Uí Bhriain
BAILE ÁTHA CLIATH

Foilsíodh an leagan Gaeilge seo den chéad uair i 2000
ag The O'Brien Press Ltd/Cló Uí Bhriain Tta.
20 Bóthar Victoria, Ráth Garbh, Baile Átha Cliath 6.
Foilsíodh an leagan Béarla den chéad uair i 1990
ag The O'Brien PressLtd/Cló Uí Bhriain Tta.
E-mail books@obrien.ie
Website www.obrien.ie

ISBN 0-86278-653-3

British Library Cataloguing-in-Publication Data
Faoin sceach gheal
1.Ireland - History - Famine, 1845-1852 - Juvenile fiction
2.Historical fiction 3.Children's stories
I.Title II.Teskey, Donald
823.9'14[J]

1 2 3 4 5 6 7 8
00 01 02 03 04 05 06

Faigheann Cló Uí Bhriain
cabhair ón

The Arts Council
An Chomhairle Ealaíon

Cuireadh an leabhar seo i gcló le cúnamh
Bhoird na Leabhar Gaeilge.

Eagarthóir: Ursula Ní Dhálaigh
Léaráidí: Donald Teskey
Dearadh leabhair: Cló Uí Bhriain Tta.
Clódóireacht: Cox & Wyman Ltd.

CLÁR

Caibidil 1

Ocras

 Bhí an t-aer fuar tais nuair a d'iompaigh Eibhlín sa leaba agus í ag iarraidh imeall na pluide a tharraingt aníos thar a guaillí. Mhothaigh sí a deirfiúr bheag Peig ag bogadh taobh léi. Bhí Peig ag srannadh arís, mar a dhéanadh sí aon uair a bhíodh slaghdán uirthi.

Bhí an tine beagnach as. Bhí deirge na gríosaí ag cur teolaíochta sa bhothán dorcha.

Bhí a máthair ag crónán go híseal leis an mbabaí. Bhí na súile dúnta ag Bríd bheag, agus cuma níos báine ná riamh ar a haghaidh agus í fillte i seál na máthar, agus greim docht aici ar dhual dá gruaig fhada dhonnrua.

Bhí Bríd breoite — bhí a fhios acu go léir é. Taobh istigh den seál úd, bhí a corp róthanaí, agus a cneas bán, agus é róthe nó rófhuar faoi do láimh. D'fháisceadh an mháthair chuici í de lá is d'oíche mar a bheadh sí ag iarraidh le barr tola cuid dá neart féin a chur ina leanbhán gléigeal.

Bhraith Eibhlín na deora i gceann a súl. Uaireanta dar léi gur brionglóid a bhí sa rud ar fad, agus go músclódh sí as gan mhoill agus go mbeadh gáire aici air, ach ba leor goin an ocrais ina goile agus an brón ar a croí lena dhearbhú gurbh fhíor é. Dhún sí na súile agus chuimhnigh siar.

Ba dheacair a chreidiúint nach raibh sé ach beagán le bliain ó bhí siad ina suí i seanteach na scoile nuair a rith Tadhg Ó Ceallaigh isteach faoi choinne a dhearthár Seán, agus go ndúirt leo go léir an baile a bhaint amach go beo agus cuidiú lena muintir, mar go raibh an dubh tar éis teacht ar na prátaí agus iad ag lobhadh sa talamh.

Bhí siad go léir ag fanacht leis an máistir a bhata a ardú agus béic a ligean le Tadhg: Imigh leat, a phleidhce, agus ná bí ag cur isteach ar an gceacht. Nach orthu a bhí an t-iontas nuair a dhún an máistir an leabhar agus go ndúirt leo deifriú abhaile. "Ná déanaigí aon mhoill faoi bhealach," ar seisean. "Abhaile libh agus tugaigí lámh chúnta do bhur muintir." Agus bhain siad as chomh tiubh géar sin gur tháinig ga seá iontu, agus imní a ndóthain orthu faoin scéal a bheadh rompu sa bhaile.

Ba chuimhin le hEibhlín é. Bhí a hathair ina shuí ar an gclaí cloiche agus a cheann idir a dhá láimh. Bhí a máthair ar a glúine sa ghort, agus a lámha agus a naprún clúdaithe le cré agus í ag tarraingt na bprátaí as an talamh, agus boladh trom ar an aer sa timpeall. Agus a leithéid de bholadh — boladh lofa, gránna, é ag dul suas i do shrón, isteach i do pholláirí, isteach i do bhéal. Boladh bréan na haicíde.

Ar fud an ghleanna bhí na fir ag mallachtach agus na mná ag guí Dé fóirithint orthu. Gach aon ghort riamh, bhí na prátaí seargtha ann agus iad ag lobhadh sa talamh. Bhí an barr loite, agus iad taobh leis mar bhia. Leath na súile ar na páistí leis an scanradh, mar d'aithin siadsan chomh maith le duine go raibh an t-ocras chucu.

Shoiprigh Eibhlín í féin isteach le droim Pheig agus ba ghearr gur tháinig teas inti. Bhí codladh uirthi agus thit néal arís uirthi.

"A Eibhlín! A Eibhlín! An bhfuil tú chun éirí?" arsa Peig de chogar.

Bhain na girseacha searradh astu féin agus i gceann tamaill bhig eile chaith siad na pluideanna díobh. Chuaigh Eibhlín anonn chun na tine gur chuir fód móna ar an ngríosach. Bhí cliabh na móna beagnach folamh. Bhí obair ansin do Mhicheál.

Chuaigh an bheirt ghirseach amach sa chlós. Bhí grian na maidine ag taitneamh. Bhí drúcht ar an bhféar. Ní dhearna siad moill ar bith mar bhí sé fuar amuigh agus gan orthu ach a léinte. Nuair a tháinig siad isteach arís bhí a máthair fós ina codladh, agus Bríd bheag ag míogarnach taobh léi.

"'Bhfuil bia ar bith sa teach?"

"Á, a Mhichíl, is furasta a aithint go bhfuil tusa i do shuí," arsa Eibhlín go magúil.

"Tar uait, a Eibhlín. Féach an bhfuil dada ann, le do thoil," arsa Micheál.

"Amach leat agus nigh an smúit sin de d'aghaidh agus ansin féachfaimid," arsa Eibhlín.

Bhí ga gréine ag teacht isteach an doras oscailte. Dar le hEibhlín, bhí an bothán lán deannaigh agus salachair.

Rinne an babaí casacht agus mhúscail sí. Thóg Eibhlín ina baclainn í agus shuigh síos ar chathaoir sa chlúid fad a bhí a máthair ag timireacht thart. Bhí trí phráta fágtha ó inné roimhe sin agus dath liath orthu. Ghearr an mháthair iad sin ina slisní agus líon amach deoch bhainne as crúiscín mór. Bhí sé gann go leor, mar bhéile. Níor labhair duine ar bith, ach iad ag ithe leo, agus a smaointe féin ag an uile dhuine acu.

Thosaigh Micheál ag caint… ag iarraidh… ach d'athraigh sé a intinn. Bhí ceacht foghlamtha aige le tamall.

An chéad chúpla uair a d'iarr sé tuilleadh is amhlaidh a d'ardaigh a athair nó a mháthair an spúnóg adhmaid gur bhuail anuas í ar bhois a láimhe. Ina dhiaidh sin agus é ag éileamh orthu thagadh féachaint bhrónach i súile a athar agus bhriseadh an gol ar a mháthair. Ní fhéadfadh sé sin a fhulaingt, gan trácht ar a bheirt deir-fiúracha a bheith ag baint gach re liomóg agus pluc as. B'fhearr gan dada a rá.

Faoi mheán lae bhí cúrsaí imithe i bhfeabhas.Bhí teas sa ghrian agus anáil bhog ghaoithe ann. D'imigh Mi-cheál suas an bóthar ag triall ar a chara Páid. Shiúlfaidís in éineacht an cúpa míle slí chun an phortaigh féachaint an bhfaighidís lán an chléibh de mhóin.

Bhí srannán beag i mBríd, ach chodail sí léi. Thug sin misneach don mháthair, agus bhailigh sí na léinte agus cúpla ball éadaigh eile lena ní, agus ansin scar sí ar an talamh amuigh iad le triomú. Bhain sí croitheadh maith as na pluideanna agus chroch iad ar an gclaí cloiche.

Bhí folt gruaige fada donn ar Pheig, gan aon fhí ann, ach é síos léi ina sraoilleanna salacha. Chrom an mháthair os cionn Pheig agus thosaigh ag ní a cuid gruaige le huisce as buicéad, ag sciúradh agus ag cuimilt an chraicinn san am céanna. Bhí gach aon bhéic ag Peig, ach ba mheasa arís an bhéicíl nuair a chuir an mháthair chuici an chíor mhín gur thosaigh á tarraingt tríd an ngruaig fhada aimhréidh, á grinniú go géar féachaint an raibh sneá nó míolta ann. Bhí Eibhlín ag gáire, mar rinneadh an cleas céanna léi féin díreach coicís roimhe sin agus bhí a fhios aici go raibh sí slán an iarraidh seo.

Ar ball, sheol an mháthair an bheirt acu suas tigh Cháit Mhór Uí Chonmhaí féachaint an mbeadh ruainne d'úsc gé aici a chuimleodh sí d'ucht Bhríde. Bhí leigheas ag Cáit agus chuidíodh sí le daoine a mbeadh tinneas nó buairt orthu.

Bhí fál tiubh sceach thart ar an mbothán aici le príobháid éigin a thabhairt do na daoine a thiocfadh ar cuairt chuici.

Bhí an tseanbhean ina suí ar stól amuigh faoin ngrian.

"M'anam murar sibhse na girseacha cearta," arsa Cáit de gháire. "An dada atá uaibh, a stóiríní?"

"Ruainne d'úsc gé atá ó mo mháthair le haghaidh an linbh," arsa Eibhlín.

"Mo thrua í an leanbh céanna," arsa Cáit. "Murab é an t-am é le teacht ar an saol!"

D'éirigh sí ón stól agus sméid ar na girseacha í a leanúint. Thit Peig siar agus greim aici ar ghúna Eibhlín. Bhí scéalta cluinte aici faoin tseanbhean agus bhí eagla bheag uirthi roimpi.

Bhí an bothán dorcha, agus seanbholadh ann. Chuaigh Cáit de choiscéim bhacach anonn chuig an seandrisiúr adhmaid, a bhí lán buidéal agus prócaí. Thosaigh sí ag monabhar di féin agus í ag tógáil na bprócaí

agus ag ardú na gclaibíní orthu féachaint cad a bhí
iontu. Faoi dheireadh fuair sí an ceann a bhí uaithi,
bholaigh de, agus shín chuig Eibhlín é.

"Agus abair le do mháthair go mbeidh mé ag iarraidh
an phróca sin ar ais."

"An gcuirfidh sé biseach ar Bhríd?" arsa Peig. Bhí
iontas ar Eibhlín a chróga is a labhair a deirfiúr bheag,
agus gan í ach seacht mbliana d'aois.

Tháinig gruaim in éadan Cháit. "Níl a fhios agam, a
stór. Tá oiread galar ag imeacht ar na saolta seo — agus
galair aite. Ní féidir liom ach mo dhícheall a dhé-
anamh."

Leis sin thug Cáit aghaidh ar an doras le dul amach
faoin ngrian arís. Bhí sí díreach taobh amuigh den
doras nuair a chuardaigh sí i bpóca a naprúin gur thar-
raing amach úll. Seanúll smeartha a bhí ann. Thug sí
cuimilt dó. Ní raibh na girseacha ag iarraidh breathnú,
ach le cúinsí móra bhronn sí ar Pheig é.

Tháinig dhá shúil mhóra do Pheig. Baineadh stan-
gadh as Eibhlín.

"Go raibh míle maith agat … ní thiocfadh linn é a
ghlacadh uait … go raibh maith agat … ach ní bheadh
sé ceart," arsa Eibhlín.

"Tá sé glas, agus é chomh crua le leac ifrinn," arsa
Cáit de gháire, ag nochtadh a cuid fiacla bearnacha.
"Go deimhin, ní mise a íosfas é!"

Tháinig aoibh ar na girseacha agus d'iompair Peig an t-úll abhaile chomh cúramach is dá mba sheoid é, lena roinnt ar an líon tí.

An oíche sin bhí min bhuí acu don suipéar agus blonag leáite tríthi mar aon le dosán creamha a chaith an mháthair isteach leis an drochbhlas a cheilt. Rinneadh ceithre chuid den úll agus itheadh go blasta é, siúd is go raibh sé rud beag crua, agus géar lena chois.

"Tá sé coicís ó chuaigh bhur n-athair ag obair ar na bóithre, agus gan scéala ar bith uaidh go fóill," arsa an mháthair. Bhí a fhios ag Eibhlín go raibh imní ar a máthair, idir Bríd a bheith tinn, agus an mála de mhin bhuí sa chúinne a bheith á ídiú in aghaidh an lae.

"Níl a fhios agam cad é a tharlóidh dúinn, nó cad a dhéanfaimid," arsa an mháthair agus í ag croitheadh a cinn. "Deirtear go bhfuil an teach mór féin le dúnadh agus an máistir agus a mhuintir ag brath filleadh ar Shasana ar fad."

D'aithin Micheál an t-éadóchas ina guth agus ar seisean go haigeanta, "Tá dea-scéala agamsa! Fan go gcluine tú seo, a Mham."

Bhí uaireanta agus ní chreidfeá nach raibh sé ach naoi mbliana d'aois. Bhí barr dubh catach gruaige air mar a bhí ar a athair, agus súile gorma a mháthar ann agus an fhéachaint bhog chneasta chéanna iontu. Níor mhaith leis í a bheith faoi bhrón.

"Bhí mé féin agus Páid thuas ar an bportach. Chua-
mar giota ní b'fhaide ná mar is gnách, agus thángamar
ar áit nár baineadh fód as go fóill. Tá athair Pháid le dul
suas leis amárach le roinnt móna a bhaint agus a shra-
thnú, agus deir sé má mhaireann an ghaoth agus an
triomú seo go bhféadfaimisne ár sciar féin di a bheith
againn ach í a thabhairt abhaile muid féin. Nach ion-
tach sin?"

Tháinig aoibh ar an máthair. "Is maith an fear é
Dónall Ó Coileáin, agus sin é an focal fíor."

Lig sí í féin siar sa chathaoir agus scaoil roinnt den
imní di. Chuaigh Eibhlín ar a glúine taobh léi, agus
shuigh Peig ina hucht.

"Inis scéal eile dúinn faoin am a bhí tú i do ghirseach
bheag. Á, le do thoil, a Mham!" ar siad go léir.

"Nach bhfuil sibh dubh dóite de na seanscéalta sin
agam?" arsa sise.

"Níl, ná é," arsa Micheál.

"Tá go maith, mar sin," ar sise, ag tosú agus ag insint
dóibh. "Uair amháin nuair a bhí Eibhlín — mo
mháthairse agus bhur seanmháthairse, a bhfuil Eibhlín
ainmnithe aisti — nuair a bhí sise ina cónaí lena deir-
fiúracha Nóra agus Léan .... "

Nár dheas an rud scéal roimh dhul a chodladh do
dhuine!

Caibidil 2

Faoin Sceach Gheal

 Sheas an ghaoth. B'iontach an aimsir thriomaithe í. Bhí Dónall Ó Coileáin i ndiaidh scéala a chur chucu go dtabharfadh sé chun an phortaigh iad an mhaidin sin. Bhí Peig ag preabadh ó chois go cois agus í ar bís le himeacht. Ó tháinig an t-ocras agus an tinneas sa saol is ag crochadh thart faoin mbothán a bhíodh na páistí bunús an ama. Theastaigh óna máthair iad a bheith ar na gaobhair. Óna ndoras féin, bhí radharc ag muintir Dhrisceoil ar an deatach ag éirí ina dhual as gach simléar i nDúinín. Áit álainn a bhí ann. Bhí na comharsana an-chineálta, ach is beag cuartaíocht a bhí ar siúl san am i láthair. Bhí náire ar na daoine as dóigh chomh bocht sin a bheith orthu, agus b'fhearr leo an scéal a cheilt ar na comharsana. Agus ar chuma ar bith, is beag duine a raibh an fuinneamh ná an misneach ann le bheith ag

gabháil don cheol ná don rince ná don scéalaíocht a thuilleadh.

Ach inniu bhí Eibhlín agus Peig agus Micheál ag dul chun an phortaigh! D'fhág siad slán ag a máthair, a raibh a haghaidh bán agus cuma bheag imníoch uirthi. Bhí Bríd bheag fós an-tinn. Ina codladh a bhíodh sí bunús an ama, agus ní chaoineadh sí ach amháin nuair a leagadh a máthair síos í.

Bhí cliabh le gach duine acu faoi choinne na móna. Bhí canna fíoruisce leo chomh maith, agus roinnt craicne prátaí agus crústa tur aráin leis an ocras a bhaint díobh.

Bhí Páid agus a athair ag fanacht leo. Fear mór a bhí i nDónall Ó Coileáin, agus barr fionn catach gruaige air, agus súile meidhreacha ag rince ina cheann nuair a bheadh giúmar maith air. Amuigh faoin spéir a bhíodh sé formhór an ama, agus é eolach ar an uile áit a mbeadh sméara nó caora nó muisiriúin ag fás. Bhí an seanasal, Mosaí, leis, agus na pardóga móra folmha ar a dhroim.

"Mo náire sibh, mar le dream óg, ag cur moille orainn lá breá mar seo!" arsa Dónall go magúil, agus é ag caitheamh a gcuid cliabh ar dhroim an asail. "Ar aghaidh libh anois, agus tiocfaidh mé féin agus Mosaí suas libh ar ball." Bhí an t-asal aosta, mallsiúlach, agus ní raibh maith a bheith á bhrostú.

Bhí neart ama ag na páistí le bheith ag súgradh agus ag pleidhcíocht fad a bhí siad ag bailiú na bhfód tirim agus á gcur ina gcairn bheaga shlachtmhara. Bhí Peig gnóthach ag piocadh dos bainne bó bleacht dá mháthair.

Faoi dheireadh tháinig Dónall, agus thosaigh siad ag líonadh na gcliabh le hoiread móna agus a d'fhéadfaidís a iompar, agus go deimhin níor mhór an méid é sin. Ní iompródh Mosaí féin ach leathualach na laethanta seo.

Ba ghearr go raibh siad ag cur allais, agus tart orthu. Shuigh siad síos gur shlog siar an t-uisce fuar agus gur chaith an bia a bhí leo. Bhí bolgam tae ag Dónall agus greim bacstaí, agus ina dhiaidh sin chuidigh sé leo go léir na cléibh a iompar, fad a bhí Páid ag treorú Mhosaí agus á choinneáil socair.

B'fhadálach tuirsiúil é an turas abhaile. Dar leis na páistí, bhí an talamh níos achrannaí ná riamh, agus bhí pianta ina ndroim agus ina gcuid sciathán agus guaillí. Stadaidís go minic lena n-anáil a tharraingt. Bhuail Peig fúithi ar an talamh cúpla uair agus dúirt nach bhféadfadh sí coiscéim eile a shiúl, agus thosaigh ag caoineadh. Rinne Dónall greann léi. An rud a dhéanfadh seanasal bacach mar Mhosaí, a dúirt sé, ní theipfeadh ar chapaillín óg mar í féin a dhéanamh.

Thóg sé tamall fada orthu teach mhuintir Choileáin a

bhaint amach. D'fhág na Drisceolaigh óga slán ag a gcairde agus bhuail ar aghaidh. Ba é an leathmhíle deireanach ba mheasa. Bhí lámha Mhichíl ag cur fola agus é ag iarraidh greim a choinneáil ar an gcliabh ba throime. Bhí an clapsholas ann faoin am a shroich siad an baile.

Bhí an cliabh mór le fágáil cois na tine, ach caitheadh an chuid eile den mhóin le taobh an tí. Ní raibh ann ach clampa beag ar fad. Ní fhéadfaidís gan smaoineamh ar an gcruach mhór a dhéanadh a n-athair nuair a bhí saol níos fearr ann, cruach a bhféadfá seasamh uirthi, í beagnach chomh hard le binn an tí.

Bhrúigh siad an doras rompu. Bhí a máthair ag míogarnach chodlata sa chlúid agus Bríd bheag ina hucht. Bhí cuma thuirseach ar an máthair, agus d'aithin siad go raibh sí i ndiaidh a bheith ag caoineadh.

Gan aon torann a dhéanamh, rinne siad atéamh ar bhrachán mine coirce. Bhí siad uilig sáraithe amach, agus gan uathu ach titim iseach sa leaba. Leis na pianta a bhí ina gcnámha uilig, ar éigean a mhothaigh siad an gheonaíl sna putóga folmha acu sular thit a gcodladh orthu.

Uair éigin i gcaitheamh na hoíche d'airigh siad a máthair ag caoineadh go bog di féin, agus Bríd ag casachtach agus ag iarraidh a hanáil a fháil. Tháinig Micheál gur luigh sé isteach sa leaba leis na girseacha.

Fuair siad greim láimhe ar a chéile agus thosaigh ag guí. Dúirt siad gach aon phaidir dár fhoglaim siad riamh.

"A Dhia fóir orainn! Fóir orainn, impímid ort, a Dhia!" ar siad.

Níor chodail duine ar bith néal. Bhí moch na maidine ann sular stop an chasachtach. Go tobann bhí tost ann. Bhí an mháthair ag pógadh aghaidh an linbh agus gach méar dá cuid i ndiaidh a chéile.

"Go dtuga Dia go n-éireoidh an ghrian gan mhoill agus deireadh a chur leis an oíche léanmhar seo," arsa na páistí.

D'aithin siad go tobann nach raibh smid as a máthair. D'éirigh siad agus chuaigh anonn chuici. Bhí na deora móra ag sileadh léi.

"Tá sí ar shiúl. Tá mo stóirín beag féin ar shiúl!"

Thosaigh Peig ag gol. "Teastaíonn Bríd ar ais uaim," ar sise. "Teastaíonn sí uaim."

"Tá sé ceart go leor, a stór," arsa an mháthair. "Bhí sí rólag le fanacht sa saol crua seo níos mó. Féach uirthi. Nach í féin an tachrán breá girsí, anois ó tá sí faoi shuaimhneas."

Ní raibh cor as an leanbh ach mar a bheadh sí ina suan. Dúirt an mháthair leo í a phógadh, agus tháinig siad duine ar dhuine gur phóg go muirneach an deirfiúr bheag nár chuir siad aithne uirthi ach ar éigean.

Bhí cuma an-chiúin ar an máthair, aisteach go leor,

agus d'ordaigh sí dóibh dul ar ais a luí. "A luaithe a ghealfas an lá, a Mhichíl, caithfidh tusa rith suas tigh Dhónaill Uí Choileáin agus iarraidh air fios a chur ar an Athair Ó Dúill. Suífidh mise tamall eile anseo ag faire ar mo leanbhán gléigeal."

Ar ball beag chuir Micheál chun siúil. Bhí a aghaidh bán agus a shúile dearg ón gcaoineadh. Chuir aer fuar na maidine creathanna tríd agus d'fháisc sé a chóta éadrom thart air.

Bhí roinnt uisce téite ag an máthair agus nigh sí Bríd go cúramach le ceirt, agus scuab arís is arís a gruaig bhog chatach fhionn. Tharraing Eibhlín an seanchófra adhmaid amach as faoi leaba a tuismitheoirí. D'oscail sí é, mar a dúradh léi. Ní mór a bhí ann, agus ní raibh moill uirthi teacht ar an ngúna baiste lása a rinne a sin-seanmháthair fadó. Bhí an lása buí leis an aois. Bhí sé deich mí ó chaith Bríd an gúna cheana, ach bhí a colainn bheag chomh caite sin go raibh sé fós mór go leor di. Bhí sí mar a bheadh aingeal beag geal agus an gúna sin uirthi, ach chuir sí i gcuimhne d'Eibhlín bábóg phoircealláin ón bhFrainc a chonaic sí uair i bhfuinneog siopa sa bhaile mór. Bhí an bhábóg ina seasamh go díreach righin faoina gúna de lása bán agus fo-ghúna beag stáirseáilte faoi, agus folt fada dualach síos léi. Ba é ab aoibhinn léi an bhábóg sin a bheith aici féin agus í a fháscadh lena croí. Anois bhí an mothú céanna aici, ach é níos treise. Bhí fonn mill-teanach uirthi Bríd a fháscadh lena croí agus gan scaoileadh léi go deo.

Tháinig Micheál abhaile. Chaith siad go léir bolgam bainne, agus réitigh iad féin agus an bothán oiread ab fhéidir. Rachadh Dónall Ó Coileáin faoi choinne an tsagairt. Fear an-lách ba ea an tAthair Ó Dúill — bhí sé féin agus Daid mór le chéile, agus is minic a bhuaileadh sé isteach faoi choinne dreas comhrá agus cuideachta. Deireadh Daid gurb iontach an rud é a bheith i do shagart, ach gurb uaigneach an saol ag duine é.

Bhí tamall den mhaidin caite nuair b'iúd isteach chucu Dónall Ó Coileáin agus a bhean Cití. Rith Cití caol díreach chuig an máthair agus thug póg di. Bhí na deora ina seasamh i súile na beirte, agus rudaí eile nárbh fhéidir focail a chur orthu.

"A Mhairéad, ní maith linn bhur mbris. Bríd bhocht, an créatúirín," arsa Cití go híseal.

Réitigh Dónall Ó Coileáin a sceadamán agus bhog ar a chosa mar a bheadh míshocracht éigin air. "Níl deireadh fós leis an mí-ádh, go bhfóire Dia orainn," ar seisean. "Tá an tAthair Ó Dúill féin buailte suas leis an bhfiabhras agus ní bheidh sé in ann an páiste a chur. Tá dornán de bhunadh an bhaile i ndiaidh bás a fháil den fhiabhras, agus Séamas Mac Pháidín ina measc, an fear a dhéanadh na cónraí, agus mar sin ní bhíonn aon sochraid cheart ann … " Stad sé.

Lig an mháthair uaill chaointe aisti. "Faoi Dhia cad a dhéanfaimid, nó cén deireadh a bheas ar an scéal?" Bhí meirbhe san aer.

"Cuirfimid féin í go hómósach anseo," arsa Dónall.

Stán an triúr páistí ar a máthair féachaint cad a déarfadh sí. Ní dúirt sí focal ach a ceann a chlaonadh.

"Faoin sceach gheal sa pháirc chúil," ar sise os íseal. "Ba ghnách leis na páistí súgradh ansin, agus déanfaidh na bláthanna foscadh di anois."

Rinne Dónall comhartha le Micheál agus b'iúd amach iad ag déanamh ar an bpáirc agus spád leo.

"Níl cónra ar bith againn," arsa an mháthair agus tocht ar a glór.

Thosaigh Cití ag cuardach faoin teach agus d'iarr ar Eibhlín cuidiú léi. Réitigh Eibhlín a sceadamán. "Cad déarfá le cófra adhmaid mo sheanmháthar a úsáid?"

Tharraing Cití agus Eibhlín é amach as faoin tseanleaba gur leag anuas ar an bpluid é. Tháinig an mháthair agus chlaon a ceann mar chomhartha go raibh sí sásta. Thóg Cití seoda beaga an teaghlaigh as an gcófra ceann ar cheann agus chuir i leataobh iad.

Thosaigh Cití agus an mháthair ar an réiteach a dhéanamh. D'aithin Eibhlín agus Peig nach raibh gnó leo ann agus rith siad amach a phiocadh cloigíní gorma agus bláthanna eile. Líon siad a scamhóga leis an aer úr, ag iarraidh a n-aigne a shuaimhniú.

D'fhill Dónall ón bpáirc agus chuaigh isteach sa bhothán. I gceann cúpla nóiméad tháinig na daoine fásta amach. Bhí greim ag Cití ar sciathán na máthar agus bhí an cófra greanta adhmaid le Dónall.

Bhí aer éadrom gaoithe ann agus bhí géaga bláfara na sceiche ag luascadh mar a bheidís ag fáiltiú rompu. Bhí spéir ghlan ghorm ann. Agus bhí ál beag de mheantáin ghorma ina suí ar ghéag, mar a bheadh lucht faire ann.

Thosaigh Dónall agus Cití ar na paidreacha, agus thug siad chun cuimhne briathra Íosa, "Ligigí do na leanaí beaga teacht chugam," agus ghuigh siad chomh maith go gcasfaí ar a chéile arís iad i bParthas Dé.

Leag Eibhlín agus Micheál na bláthanna uathu go ciúin le taobh an chófra. Shnaidhm Peig í féin ina máthair agus racht goil uirthi. Shlíoc a máthair a cuid gruaige. Chan siad ceann de na hiomainn ab ansa leis an Athair Ó Dúill, agus ansin threoraigh Cití ar ais chun tí iad. Bhí gráinní beaga tae léi agus réitigh sí lán muga an duine do na daoine fásta. Chuir sí an mháthair ina suí cois na tine fad a bhí sí féin ag téamh roinnt cístí bacstaí ó inné.

Go ceann cúpla lá eile níor bhac an mháthair í féin a ghléasadh ach ina suí ina léine agus a seál thairsti, gan suim aici in aon rud a dhéanamh. Eibhlín agus Micheál a thug isteach an t-uisce agus a scuab an t-urlár agus a chuaigh ar thóir bia. B'fhada leo go dtiocfadh a n-athair ar ais. Bhí imní ar Eibhlín. Cá fhad eile a mhairfeadh an drochshaol?

Caibidil 3

Dada le hIthe

Cúpla lá ina dhiaidh sin ghlaoigh an mháthair le chéile iad. Bhí cúl ar an tine aici. Bhí sí gléasta agus a cuid gruaige cuachta in airde agus dhá chíor inti. Bhí a seál álainn de lása lámhdhéanta agus a culaith phósta liath faoina bóna lása fillte go néata agus iad leagtha ar an leaba aici. A máthair féin a rinne di iad le caitheamh an lá Meithimh úd a phós sí Seán Ó Drisceoil, blianta fada ó shin.

"A Eibhlín, roinn na craicne prátaí agus suigh síos." Bhí deoch acu uilig agus greim le hithe. Rug an mháthair ar an scuab gur thosaigh ag scuabadh ghruaig fhada dhonn Pheig.

Ansin scaoil sí di a léine agus chuir uirthi gúna ar

dhath an uachtair. "A Eibhlín, a Mhichíl, agus a Pheig, tá orm dul isteach chun an bhaile mhóir inniu, mar níl dada fágtha le hithe. Tá Bríd imithe. Chuir mé leanbh amháin agus ní ligfidh mé dada ar an gcuid eile agaibh. Caithfimid bia a fháil," ar sise.

"Ach a mháthair," arsa Eibhlín, "níl airgead ar bith agat … Ó ná habair … do chulaith phósta agus do sheál! Ach sin a bhfuil fágtha sa saol agat."

"Éist, a stóirín, cad is fiú culaith agus seál agus iad i bhfolach faoin leaba? Ní mór a gheobhaidh mé orthu, tá a fhios agam, ach b'fhéidir go ligfeadh Páid Ó Murchú oiread liom orthu is a cheannódh mála mine agus beagán coirce nó a leithéid. Táimid go léir ag dul i laige agus in ísle brí le gach lá dá ngealann. Caithfimid bia a fháil nó tiocfaidh an fiabhras orainn. An dóigh libh nach bhfeicim Peig ansin agus coinnle ar a radharc agus a géaga mar a bheadh cipíní ann? Agus Micheál, m'fhirín beag, agus gan ann an cliabh móna a ardú ach ar éigean, gan de neart ann siúl an cúpla míle slí chun na habhann agus breac nó dhó a mharú? Agus Eibhlín, mo leanbh geal, agus í caite leis an imní go léir? Éistigí. Ná ligigí an tine as, agus tugaigí isteach buicéad uisce. Agus b'fhearr daoibh go léir fanacht istigh. Dúirt Dónall Ó Coileáin liom go bhfuil an fiabhras ar fud na háite agus go bhfuil daoine amuigh ag siúl na mbóithre. Beidh mé ar ais a luaithe is féidir liom, ach caithfidh sibh an laiste a choinneáil ar an doras."

"A Mham," ar Eibhlín go himpíoch, "nach ligfeá in éineacht leat mé?"

Chroith an mháthair a cloigeann agus dúirt leo fanacht mar a raibh siad.

Chuir sí cúpla rud sa bhascaed, agus tharraing a seál thart uirthi. Maidin aoibhinn a bhí ann amuigh. Bhí na páirceanna breac le nóiníní agus na fálta lán d'fhéith-leann agus de dhris chumhra. Ba bhreá leis na páistí bheith amuigh ag súgradh, murach gur chros a máthair orthu é. Chroith siad slán léi agus í ag imeacht.

* * *

Bhí Peig crosta, cancrach, míchéadfach. Cheap Micheál cluichí agus eile di le cian a thógáil di, ach bhí cúpla uair agus b'éigean d'Eibhlín an spúnóg a bhagairt uirthi. Luigh Peig ar an leaba agus smuilc uirthi. Bhí sí i bhfeirg le hEibhlín.

Leis sin d'airigh siad na coiscéimeanna chucu aníos an cabhsa. An mbeadh sí ar ais chomh luath seo? Bhí Eibhlín ar tí rith amach le lámh chúnta a chur sa mhála mine nuair a d'aithin sí gur beirt a bhí taobh amuigh agus iad ag caint. D'fhan na páistí ciúin.

"As ucht Dé oraibh agus ligigí isteach bean bhocht agus a mac nach bhfuil ag iarraidh ach a scíth a ligean agus braon uisce a ól," arsa an guth caointeach. Bhí siad ina seasamh díreach taobh amuigh. "Táimid tar éis na mílte fada a shiúl. Táimid tinn, tuirseach, agus tart millteanach orainn. Níl uainn ach beagán cabhrach."

Rinne Eibhlín ar an doras, ach choisc Micheál í.

"Cuimhnigh ar an rud a dúirt Mam," ar seisean trína fhiacla. "Ná hoscail dóibh."

Bhí na strainséirí ag cnagadh ar an doras. Thóg Micheál an cliabh móna agus an chathaoir óna n-áit agus chuir leis an doras iad. Bhí an bheirt ghirseach ina suí ar an leaba agus iad scanraithe. Dá ndéanfadh na strainséirí amach nach raibh sa teach ach páistí?

"An gcluin sibh muid?" arsa an bhean. D'ardaigh sí a glór. "Beagán cabhrach atá uainn." Nuair nach bhfuair sí freagra thosaigh sí ar na mallachtaí. Thóg sí dhá chaorán móna agus chaith leis an doras iad.

"D'fhéadfadh sé go bhfuil fuíoll éigin bia istigh," arsa an mac.

Stán an triúr páistí ar a chéile. Cad a tharlódh nuair a chuirfeadh na strainséirí an doras isteach?

Go tobann chuimhnigh Micheál ar sheift. "Ó, míle buíochas le Dia go bhfuil duine éigin tagtha," ar seisean de gheoin. "Táimid féin i ngá cabhrach. Ar son Dé, an dtabharfadh duine agaibh braon uisce ón tobar chugainn? Tá spalladh fiabhrais ar mo dheirfiúr, agus tá mo sceadamán agus mo chloigeann féin mar a bheidís bruite."

Chuir Eibhlín a lámh thar bhéal Pheig le nach n-imeodh a gáire uirthi ná dada mar sin. Bhí an bheirt amuigh ag cogarnach le chéile.

"Chuireamar mo dheirfiúr óg an tseachtain seo a chuaigh thart," arsa Micheál de ghuth caol creathach, "agus tá leath an bhaile ag fáil bháis leis an bhfiabhras. As ucht Dé oraibh … "

D'ardaigh an bhean a glór arís. Bhí sí i ndiaidh bogadh siar ón doras. "Ní dhéanfaimis aon dochar daoibh, agus go bhfóire Dia oraibh mar ní féidir dúinne fanacht. Téanam, a mhic, agus glanaimis as an áit mhallaithe seo." Thóg an bheirt a mbeart beag éadaigh agus bhailigh leo an cabhsa síos.

Nuair ba léir dóibh go raibh an baol thart, rug na páistí barróg ar a chéile.

"Ó, a Mhichíl," arsa Eibhlín de gháire, "nach tú féin an buachaill báire! Cé a smaoineodh air? Ach shábháil tú muid go léir." Las Micheál go bun na gcluas. "Beidh daoine ag íoc airgid amach anseo le do chuid aisteoireachta a fheiceáil. Beidh tú i d'aisteoir," arsa Eibhlín, "agus i d'aisteoir clúiteach."

Bhí giúmar níos fearr ar Pheig i ndiaidh an fhuaiscnimh go léir, agus thosaigh sí ag rith tríd an teach ag déanamh amhráin ar ghaisce a dearthár.

*   *   *

Bhí an spéir ag dorchú agus an ghrian ag dul faoi nuair a tháinig cnag eile ar an doras. D'fhan siad ina staic agus a gcroí is a n-aenna ag rith ar a chéile leis an eagla.

"Mise atá ann, a pháistí. Mam."

I bhfaiteadh na súl bhí an doras oscailte acu agus iad á snaidhmeadh féin inti, le fáilte agus faoiseamh in éineacht.

"Fóill oraibh, nó cad é an deifir atá oraibh? Ná leagaigí mé! Ligigí dom m'anáil a fháil," arsa an mháthair. Bhí cúpla beart beag ar iompar léi agus cuma antuirseach uirthi. Bhí a cuid gruaige ar sileadh léi.

"A mháthair," arsa Eibhlín, "do chíora, do chíora áille cúil! Cá bhfuil siad uait?"

"Deireadh d'athair i gcónaí gurbh fhearr leis mo chuid gruaige scaoilte síos liom agus grian agus gaoth ag imeacht tríthi. Anois tá a mhian aige," arsa an mháthair, agus chuir sí aoibh uirthi nach raibh ar a croí.

"Cad a fuair tú? Cad a fuair tú?" arsa Peig, agus í ar bís lena fháil amach cad a bhí sna bearta.

Leag an mháthair ar an mbord iad agus d'oscail gach ceann acu go mall réidh. Bhí an t-am ann agus ba róchuma leis na páistí cad a bheadh ar ais ón siopa léi, ach iad ag súgradh leo amuigh. Ach anois bhí a mbeo ag brath ar an méid a bheadh sna bearta sin.

Mála mine coirce a bhí sa bheart ba mhó. Bhí mála eile agus cúpla punt de phrátaí breaca ann, agus soitheach blonaige, cúpla tomhaisín salainn, agus ar deireadh thiar cnapán crua de mhairteoil shaillte. Bhí sé gann go leor, mar lasta bia.

"Tá mála mór de mhin bhuí ann chomh maith," arsa an mháthair nuair a d'aithin sí an díomá a bhí orthu. "Dúirt Dónall Ó Coileáin go dtabharfadh sé anuas ar maidin é. Bhí Mosaí leis agus dúirt sé liom gan a shaothar a bheith orm féin á ardú." Bhí tost trom ann.

"A Mham, tá an méid seo bia go hiontach, go hiontach ar fad!" arsa Eibhlín agus chaith sí a lámha thart ar a muineál agus thug póg di. Chuir sí síos pota uisce — mar is maith a bhí bolgam tae tuillte ag a máthair.

"Cuir teallachán prátaí síos, práta an duine," arsa an mháthair. "Agus beidh píosa d'fheoil shaillte againn chomh maith," ar sise, ag iarraidh misneach a chur iontu. Leis sin sháigh sí a lámh go domhain i bpóca a naprúin gur tharraing aníos ceithre choinneal bhrúite. Las sí ceann acu agus chuir ar an mbord é agus leag an chuid eile i leataobh ar an drisiúr.

Bhí tine chroíúil sa ghráta, agus cuma theolaí ar an mbothán faoi sholas buí na coinnle. Siod é an baile, áit shábháilte sheascair. Teallachán prátaí thíos — bhí sé beagnach chomh maith leis na seanlaethanta. Bhí Peig ina suí ar ghlúin a máthar agus a haghaidh thanaí teannta lena brollach.

"Inis scéal dúinn, a Mham, faoin am a bhí tú beag,

sula … " Stad Peig. "Le do thoil, a Mham."

Phóg a máthair barr a cinn agus dúirt le Micheál agus Eibhlín druidim isteach chun na tine. Bhí tuirse uirthi ach b'aoibhinn léi a bheith ag cuimhneamh siar.

"Ar inis mé riamh daoibh faoin lá a bhí mé ocht mbliana d'aois? B'iontach an saol an bhí ann an uair úd. Bhí mo mháthair, bhur seanmháthairse, an-ghnóthach ag déanamh gúna nua dom — an gúna ba dheise dá bhfaca mé riamh. Cadás liath a bhí ann faoi spruigeáil de rósanna beaga bídeacha. Bhí cnaipí síos an droim ar fad air agus bóna ard faoi rufa lása, agus fo-ghúna den lása céanna faoi. An lá roimh ré, bhuaileamar isteach chuig Aint Nóra agus Aint Léan sa siopa le cuireadh chun tae a thabhairt dóibh. Is féidir liom iad a shamhlú go fóill faoina gcuid naprún stáirseáilte bán, agus torthaí agus pióga agus toirtíní leata ar an gcuntar, agus an tseilf faoi ualach subhanna agus torthaí leasaithe. Bhíodh tiarnaí agus bantiarnaí agus daoine uaisle agus feirmeoirí móra ag tarraingt ar an siopa ó chian is ó chóngar, agus deirtear nach bhfaighfeá dul isteach sa siopa céanna lá aonaigh, bhíodh sé chomh plódaithe sin. Bhí na haintíní trí chéile nuair a shiúlamar isteach, agus chaoch mo mháthair súil leo.

"Maidin mo lae breithe thug mo mháthair agus m'athair beart mór dom — is féidir liom é a fheiceáil go fóill. Stróic mé an páipéar de agus cad a bhí istigh ann ach bábóg, bábóg álainn adhmaid agus aghaidh cheart uirthi agus gruaig cheart, agus cad a déarfadh sibh, nach raibh an gúna ceannann céanna uirthi agus a bhí orm féin, agus go fiú nach raibh an ribín céanna bándearg ina cuid gruaige. Ó, ba é iontas na gile é!

"Agus ar ball, bhí tae speisialta ann. Tháinig Aint Cití agus mo cheithre chol ceathracha. Bhí bonnóga agus arán friseáilte ann, agus subh phlumaí, agus ansin tháinig Nóra agus Léan agus stán leo a raibh císte speisialta ann. Bhí sé clúdaithe le reoán siúcra agus sailchuacha beaga cumhra scaipthe ar a bharr. Ní dóigh liom go bhfaca mé aon rud chomh deas riamh. Rinneamar go léir bualadh bos. Aint Nóra a rinne an císte agus Aint Léan a mhaisigh é. B'iontach an bheirt iad. Ina dhiaidh sin thóg m'athair anuas an fhidil agus bhí rince againn. Bhí mo thriúr deartháireacha chomh suaimhneach le huain chaorach agus gan achrann ná gleo ar bun acu ar feadh an tráthnóna, agus thug Aint Cití ceacht rince dúinn."

Stad an mháthair den chaint. Bhí trí aghaidh bhoga iompaithe uirthi. Tháinig tocht uirthi. An bhfeicfeadh a clann féin a leithéid de shuairceas go deo? Bhí an saol chomh crua acu.

"Téanam, a pháistí, agus cuirigí chuige. Tá bhur gcuid réidh."

Fuair siad blas ar an uile ghreim, siúd is gur bheag

nár loisc na prátaí a dteanga, bhí siad chomh te sin. Scoilt siad an craiceann tirim. Chogain siad an fheoil ghoirt, agus d'ól muga bainne an duine. Nárbh é an féasta é! Níor ghá císte i ndiaidh a leithéide.

Ghlan Eibhlín agus Micheál an bord agus chuidigh an mháthair le Peig í féin a réiteach don oíche. Bhí an tine ag ísliú agus an choinneal ag caitheamh scáileanna ar an mballa. Is í an mháthair a rinne an gáire nuair a chuala sí faoin gcleas a d'imir Micheál, agus mhol sí iad go léir as a bheith chomh stuama sin in am an gháibh. Bhí Peig i ndiaidh titim ina codladh. D'iompair an mháthair chun na leapa í agus shocraigh na pluideanna thart uirthi sular shuigh sí síos arís.

"A mháthair," arsa Eibhlín, "cad é mar atá cúrsaí sa bhaile mór?" mar b'aisteach léi nár luaigh a máthair an scéal olc ná maith ó thráthnóna.

"Ó, a ghrá, is é an saol mairgiúil againn go léir é. Tá leath an bhaile marbh den fhiabhras agus an chuid eile i ndiaidh teach is áit a thréigean agus an bóthar a thabhairt orthu féin, ag súil le hobair agus bia, nó go díreach ag teitheadh ón áit. Tá na Brianaigh ar fad imithe."

"Ar an mbóthar, an ea?" arsa Eibhlín.

"Ní hea, a stór, ach imithe sa talamh, gach aon duine riamh acu. An cúigear mac agus Máire Uí Bhriain, bean chomh maith is a bhris arán riamh. Tá muintir Chonchúir agus muintir Chinsealach glanta leo. Bhí pinginí

beaga leagtha thart ag Neil Chinsealach lena bpasáiste
a cheannach go Meiriceá. Níl a fhios ag duine ar bith cá
bhfuil muintir Chonchúir. Tá Máire Ní Aogáin i ndiaidh
an siopa éadaigh a dhúnadh. Dar léi nach bhfuil gnó ag
daoine d'éadach is de lása is de chultacha breátha agus
gan an greim bia acu a chuirfeas siad i mbéal a gcuid
páistí.

"Agus Páid Ó Murchú an ceannaí, bhí seisean an-
ghnóthach go deo. Bhí an stóras aige lán d'éadaí agus
de throscán agus de ghréithe beaga de gach sórt. B'éi-
gean duit fanacht le do sheal. Bhí beirt bhan agus gan
dada le cur i ngeall acu, agus gan pingin acu ach oiread.
Fear maith é Páid, agus thug sé cúpla mám de mhin
bhuí an duine dóibh. B'éigean dom féin dul ag margáil
leis. D'aithin sé gur lása den scoth a bhí ann, agus go
raibh lámh mhaith ag mo mháthair ar an obair. Chuir
mé na cíora isteach leis an margadh. Ar éigean má bhí
Críostaí le feiceáil ó cheann ceann an bhaile — gan
páiste féin amuigh. Agus an rud is aistí ar fad, níl an
chuma air go bhfuil beithígh ar bith thart ach oiread. Ní
fhaca mé féin ach capall is cairt Pháid agus seanasal
mhuintir Choileáin. Níl madra féin le feiceáil.

"Tá an tAthair Ó Dúill bocht go dona. Níor chorraigh
sé amach le seachtainí, agus an cailín tí a bhí aige —
Áine — fuair sí bás cúpla lá ó shin. An dornán fear atá
fágtha, bhí siad ina suí cois tine tigh Mhail Uí Fhearaíl,

agus gan braon leanna féin á ól ag duine ar bith acu. Casadh Conchúr Mac Aogáin liom. Tá an fear bocht céanna ina chual cnámh. Ní ghlacfaí leis ar na hoibreacha bóthair, agus anois níl dada aige. Dúirt sé liom gur tuairim is fiche míle amach ón mbaile atá na hoibreacha céanna agus cuid mhór d'fhir an cheantair ag obair orthu. Síleann sé go bhfuil Seán ina measc. Nach iontach an rud dá mbeadh d'athair chomh cóngarach sin dúinn, agus obair aige. Ba cheart dom dul chuige féachaint an bhfuil sé ceart go leor. Níl a fhios aige faoi Bhríd, ná faoi chomh dona is atá an saol ó shin.

"Tá oiread ráflaí ann. Tá Sir Edward Lyons agus a líon tí bailithe leo ar ais go Sasana, agus an teach mór dúnta. Níl ach sean-Pheig agus a fear fágtha i bhfeighil na háite. Tá Diarmaid Mac Síomóin ina mhaor ar an bhfeirm agus ar an talamh go léir agus cead aige a rogha rud a dhéanamh leis an iomlán againn. Tá Tomás Ó Dálaigh ina fho-mhaor aige. Scaoileadh an chuid eile de na searbhóntaí chun bealaigh. Dúirt Dónall Ó Coileáin liom go bhfuil a iníon Treasa agus a mhac Dónall ar ais sa bhaile mar nach bhfuil áit ar bith eile acu. Tá an saol bunoscionn. Tá sé dochreidte — tír álainn mar í seo, agus gorta ar na daoine agus páistí beaga ag fáil bháis leis an ocras. Fir agus mná ag siúl na mbóithre mar a bheadh taibhsí ann agus faitíos a gcroí orthu roimh an bhfiabhras. An amhlaidh atá dearmad déanta ag Mac Dé orainn?"

Bhí na cáithníní ag rith ar chraiceann Eibhlín. Níor chuimhin léi a máthair chineálta féin agus oiread sin cainte ar siúl aici riamh cheana, ná oiread corraí agus feirge uirthi. Ní raibh a fhios ag Eibhlín cad ba chóir a rá.

"Ach ina dhiaidh sin tá m'athair beo, agus cá bhfios ná go dtiocfaidh sé ar ais chugainn agus airgead agus bia agus gach sórt leis," arsa Micheál de rois.

"A Mhichíl, a ghrá, tá na hoibreacha bóithre i bhfad i bhfad as seo. Tá na fir lag agus an obair crua. Fear breá urrúnta é d'athair, ach tá an donas ar bhriseadh cloch mar obair. Déanfaidh sé a dhícheall ar ár son, geallaimse an méid sin daoibh. Cronaíonn sibh é, cronaímid ar fad é — abraigí paidir ar a shon anocht sula dté sibh a chodladh."

Leis sin d'éirigh an mháthair agus bhuail amach. Lean Eibhlín í. Bhí an spéir dubh agus na céadta réalta ag soilsiú os a gcionn.

"Bím ag fiafraí díom féin ar uairibh an bhfuil a fhios ag Dia ar chor ar bith cad é tá ag tarlú thíos anseo — tá a ríocht chomh mór fairsing sin," arsa Eibhlín de chogar.

Shín an mháthair amach a lámh agus d'fhill binn dá seál thart ar Eibhlín.

"Tuigim, a stór, tuigim. Bíonn an cheist chéanna agam féin. Níl dul amach againn ar rúnta Dé, agus is

doiligh a thuiscint cad chuige a bhfuil an saol chomh
crua cadránta. Caithfimid an chuid is fearr a dhéanamh
de, agus dá chéile, agus coinneáil orainn," ar sise.
Chuach sí an seál thart ar Eibhlín le hí a chosaint ar an
aer tais. Níor mhothaigh Eibhlín chomh dlúth céanna
lena máthair riamh.

Caibidil 4

Ina nAonar

Bhí an chéad chúpla lá eile gnóthach acu. Chuaigh Micheál ag iascaireacht ar an abhainn le Páid agus a dheartháir mór Dónall. Bhí siad ar shiúl an lá ar fad. Nuair a tháinig Micheál abhaile bhí sé fliuch go craiceann agus a chuid fiacla ag greadadh ar a chéile. Ach nach orthu a bhí an t-iontas nuair a chuir sé a lámh faoina léine gur tharranig amach pánaí mór bric. Bhí féasta acu air go ceann dhá lá.

Ar leid ó Dhónall Ó Coileáin, d'éirigh Eibhlín agus a máthair go luath dhá mhaidin i ndiaidh a chéile gur shiúil a fhad leis an tseanbhuaile, áit a raibh tuairim is céad muisiriún fiáin rompu! Ach iad sin agus dosán creamha a chur tríd an min bhuí ghránna bhí béile sách blasta acu. Cuireadh fuílleach na muisiriún suas tigh Cháit Mhór lena dtriomú, mar bhíodh gnó aici díobh dá cuid cógas is leigheasanna. I ndíol na muisiriún thug sí dóibh lán canna de bhainne gabhair, bainne Neans, an t-aon ghabhar a bhí fágtha aici.

Bhí míshuaimhneas éigin ar an máthair, agus thugadh sí uair an chloig nó mar sin gach aon lá ina seasamh ag bun an chabhsa, ag faire is ag fanacht. Níor lig na páistí a dhath orthu nuair a chasadh sí abhaile de choiscéim mhall agus na deora ina súile. I gceann cúig lá d'fhógair sí go raibh sí ag imeacht ar lorg a n-athar.

"Caithfidh mé dul a fhad leis na hoibreacha agus a fháil amach cad é a bhain dó. B'fhéidir gur tinn atá sé, nó nach féidir leis teacht faoinár gcoinne. Níl dada fágtha againn le díol ná le malartú — conas a mhairfimid gan chabhair? Beidh sé mar an gcéanna leis an uair dheireanach, ach go dtógfaidh sé cúpla lá orm an iarraidh seo."

Baineadh siar as Eibhlín nuair a thuig sí an rud millteanach a bhí beartaithe ag a máthair, ach ghlac sí leis.

"Coinneoidh Dónall agus Cití súil oraibh, ach níl cead agaibh dul síos chucu le fanacht ann, mar tá casachtach ar Threasa agus níor mhaith liom dul sa seans. Tá go leor bia istigh." Cúpla uair an chloig ina dhiaidh sin bhuail an mháthair uirthi a seál trom, chuir beagán bia ina póca agus d'imigh léi. Bhí na páistí léi go bun an chabhsa. Rug sí barróg orthu, duine ar dhuine.

"A Mhichíl, a fhirín beag," ar sise, agus í ag tarraingt a méar trína chuid gruaige, "agus a Eibhlín, an mháthair bheag, agus a Pheig, a leanbh — go gcumhdaí Dia sibh."

D'aithin Eibhlín go raibh Micheál corraithe. Bhí sé ag teannadh a fhiacla ar a bhéal íochtair nó gur bheag nár tháinig an fhuil. Chuaigh Peig i bhfiáin ar fad. Ghreamaigh sí ina máthair agus í ag streachailt agus ag screadaíl nuair a thug an mháthair faoi imeacht. B'éigean d'Eibhlín agus do Mhicheál breith ar choim uirthi le hí a choinneáil siar. Stad sí den screadaíl agus chaith í féin ar an talamh agus gach aon chnead chráite aici. Idir iompar agus sracadh d'éirigh leo í a thabhairt abhaile. Bhí a haghaidh agus a súile séidte ón ngol. Thuig Eibhlín di go hiomlán, agus ba bhreá léi féin bheith ina leanbh beag arís agus dul ag screadaíl agus ag caoineadh lena racht a ligean amach. Ach bhí sí dhá bhliain déag d'aois, agus ó ba í ba shine den chlann chaithfeadh sí ionad na máthar a dhéanamh. An chuid eile den lá ghreamaigh Peig di ar fad. Chuaigh siad go léir a luí go luath, iad dlúite le chéile faoi na pluideanna.

"Cronaím Mam. Teastaíonn sí uaim. Teastaíonn sí uaim anois díreach," arsa Peig de gheoin.

"Éist, a Pheig. Éist. Caithfidh tú do shuaimhneas a ghlacadh," arsa Eibhlín go séimh.

"Inis scéal dom, a Eibhlín," arsa Peig.

"Ní mé is fearr ar na scéalta," arsa Eibhlín.

"Inis ceann de scéalta Mham dom, faoin uair a bhí sí óg, agus faoi na haintíní."

Smaoinigh Eibhlín, nóiméad. "Ar chuala tú riamh," ar sise de gháire, "scéal an dá aintín agus an chúis nár phós siad riamh? "

Dhruid Peig in aice léi.

"Bhuel, bhí an dá aintín fós ina gcónaí ar an bhfeirm — seo sula raibh an siopa acu — agus fuair siad beirt aithne ar fheirmeoir óg dathúil darbh ainm Tadhg Ó Donnaile, a bhí cairdiúil lena ndeartháir. Bhí dúil aige sa bheirt acu, bíodh go raibh siad an-difriúil le chéile. Bhí Aint Nóra beag ramhar agus gruaig chatach dhonn uirthi, agus bhí Aint Léan ard tanaí agus gruaig dhíreach dhubh uirthi. Thosaigh sé ag suirí leo. Bhí feirm mhór aige agus gan de mhac sa chlann ach é féin. Bhuel, bhí an dá aintín meáite ar é a phósadh. Thug Aint Nóra cuireadh chun tae dó, agus nach í a réitigh an féasta dó — pióga feola agus arán agus toirtín úll agus císte rísíní. Ach an chéad seachtain eile, nach ndeachaigh Aint Léan ar picnic leis, agus réitigh sise sicín rósta dó, agus bonnóga agus císte milis agus gach sórt ab fhearr ná a chéile. Ní théadh an tseachtain thart nach mbíodh tae nó dinnéar aige tigh na gcailíní, agus an bheirt acu ag coinneáil cístí leis, agus thagadh a mháthair ar cuairt chomh maith.

"Ansin tharla rud aisteach. Chuaigh roinnt seachtainí

thart gan é an doras a dhalladh acu, ná focal a chur
chucu. Ansin tháinig a ndeartháir Peadar leis an scéal
go raibh Tadhg le pósadh ar chailín darbh ainm Neil Ní
Dhonnabháin. Ní raibh cócaireacht ná fuáil aici, ach
dhéanfadh sí bean chéile iontach dó. Ní bheadh sí
caifeach, agus d'fhágfadh sí faoi mháthair Thaidhg an
teach a rith mar a dhéanadh sí riamh, fad a bheadh sí
féin ag tabhairt aire do na beithígh agus ag cuidiú le
hobair na feirme.

"Go ceann dhá lá go leith bhí na haintíní croíbhriste.
Ach Domhnach amháin i ndiaidh am dinnéir d'fhógair
siad go raibh siopa folamh i gCaisleán an tSagairt braite
acu, gar do láthair an mhargaidh, agus idir an méid a
bhí i dtaisce acu agus an méid a bhí ag teacht chucu go
raibh siad leis an siopa a thógáil ar cíos agus a ngnó féin
a chur ar bun ann. Baineadh stangadh as an athair. Ach
bhí na cailíní chomh daingean le cloch agus ní chuir-
feadh an saol ar mhalairt aigne iad.

" Níl rún ar bith pósta againn," a deiridís, agus ar
feadh na mblianta dá luafaí fir leo, is é a deiridís faoina
n-anáil, "Cuimhnigh ar Thadhg Ó Donnaile. Bhí cúi-
gear mac breá urrúnta aige, ach bhí a theach ar an teach
ab amscaí sa dúiche."

D'fhéach Eibhlín ar Pheig. Bhí na súile dúnta aici
agus bhí Micheál ina lúb istigh i lár na bpluideanna.

*   *   *

Ar feadh na maidine lá arna mhárach, bhí siad ag dúil lena máthair a theacht ar ais, ach níor tháinig sí.

Bhí Eibhlín díreach ag leá roinnt blonaige le cur tríd an min nuair a chualathas torann crúb capall ag tarraingt aníos an cabhsa. An maor a bhí ann, Diarmaid Mac Síomóin. Bhí sé ag obair don tiarna talún agus é i gceannas ar na tionóntaí go léir. Bhí a chúntóir leis, Tomás Ó Dálaigh. Cad a bhí uathu? D'fhan na páistí gan corraí.

"Osclaígí an doras," a scairt Diarmaid, "nó cuirfimid isteach oraibh é." D'éirigh Eibhlín leis an laiste a scaoileadh. Tar éis an tsaoil, d'fhéadfadh scéala a bheith leo faoina máthair.

Sheas sí sa doras agus an bheirt eile i bhfolach taobh thiar di.

"Cá bhfuil d'athair is do mháthair?" arsa Diarmaid.

Bhí faitíos uirthi.

"Fóill ort, tóg bog é agus ná bí ag cur brú uirthi. Seo teach mhuintir Dhrisceoil, Seán agus Mairéad. Caithfidh gur tusa an duine is sine acu — Aoileann, an ea?" arsa an Dálach go milis.

"Eibhlín atá orm, mura miste leat," agus ní bhfuair sí uaithi féin a thuilleadh a rá.

"An bhfuil an fiabhras ar do mhuintir? Nó an bhfuair duine ar bith den teaghlach bás?" a d'fhiafraigh Diarmaid Mac Síomóin.

"Níl, tá m'athair is mo mháthair go maith, ach cailleadh ár ndeirfiúr bheag Bríd tamall ó shin Tá m'athair imithe ar na hoibreacha bóthair. Chualamar go bhfuil sé áit éigin taobh thall den bhaile mór," ar sise.

"Cá bhfuil Mairéad, do mháthair?" a d'fhiafraigh an Dálach.

D'amharc Eibhlín air. Fear cothrom a bhí ann, má b'fhíor do na daoine, agus deirtí gur minic a labhair sé ar son tionónta bhoicht os comhair Dhiarmada nó Sir Edward féin. Bhí pluca dearga air, agus ainneoin a chuid éadaigh ghalánta, fear tuaithe de chuid na háite a bhí ann.

"Tá mo mháthair imithe á lorg. Mise atá i mbun na háite. Ba chóir go mbeadh sí ar ais am éigin inniu."

Ghlac an Dálach leis an bhfreagra sin. Thug Diarmaid in amhail dul sa diallait arís.

"Tá an máistir agus a líon tí bailithe leo as an tír mhallaithe seo ar ais go Sasana. Níl obair ar bith le fáil a thuilleadh. Tá ordú agam na tithe ar fad a sheiceáil, agus teaghlach ar bith nach bhfuil fear ina gceann ná slí mhaireachtála acu a chur isteach i dteach na mbocht. Abair le do mháthair go mbeimid ar ais amárach. Má tá sí imithe gan tuairisc ní féidir daoibh fanacht anseo in bhur n-aonar. B'fhearr daoibh bheith ag réiteach don aistear."

D'iompaigh an bheirt fhear na capaill agus las aghaidh Eibhlín nuair a thuig sí gur ag caint fúthusan a bhí siad agus iad ag cinnireacht na gcapall trí na páirceanna.

"Cad é tá i gceist acu le teach na mbocht, a Eibhlín?" arsa Micheál agus dreach imníoch air.

"Beidh Mam ar ais gan mhoill, agus ná bíodh cúrsaí mar sin ag cur buartha ort," arsa Eibhlín, á shuaimhniú.

D'imigh an t-am agus na huaireanta agus thit an oíche gan tásc ná tuairisc ar a máthair. Níor chodail Eibhlín néal leis an imní agus í ag iarraidh sin a cheilt ar an gcuid eile. I gcaitheamh na hoíche thosaigh sé ag cur fearthainne go trom. Bhí an fhearthainn ag greadadh ar an díon tuí agus ag sileadh isteach faoin doras.

"Go n-amharca Dia ar mo mháthair, tá súil agam nach bhfuil sí amuigh san fhearthainn seo," arsa Eibhlín ina haigne.

*   *   *

B'fhada leo an lá arna mhárach. Ní raibh misneach ar bith fágtha iontu. Ar mheán lae bhuail Tomás Ó Dálaigh isteach chucu.

"Níl aon rian di, a Eibhlín, an bhfuil?" ar seisean. Chroith sise a ceann gan focal a rá.

"Tuigeann tú mar atá an scéal. Ní ghlacfadh Diarmaid go deo leis go mbeadh triúr páistí agus bothán dóibh féin acu. Is dócha nach bhfuil ach riar cúpla lá de bhia istigh agaibh ar aon bhealach, agus cad é mar a bheidh agaibh ansin? Ní hé teach na mbocht is measa. Tá an donas ar an saol atá ann — is iomaí uafás feicthe agam. Beidh slua maith ar an aistear. Beimid ag cur chun bealaigh thart ar am eadra ar maidin. Bí faoi réir, a Eibhlín. Is oth liom go mór é ach níl an dara seift agaibh."

A luaithe a d'imigh sé rith Eibhlín isteach gur chaith í féin ar an leaba. Tháinig na deora ina dtuilte léi agus is beag nár baineadh an anáil di leis an tocht mór bróin a bhí ar a croí. Bhí Peig agus Micheál ina seasamh ansin agus scéin ina súile nuair a chonaic siad a ndeirfiúr mhór ag scaoileadh léi féin mar sin. Nuair a chonaic Eibhlín an scanradh a bhí orthu rinne sí iarracht guaim a chur uirthi féin.

Chaithfeadh sé go raibh a n-athair agus a máthair araon marbh — sin an smaoineamh uafásach a bhí ag rith trí intinn Eibhlín. Ní dhéanfaidís dearmad dínn choíche murab é gur rug droch-chinniúint orthu, dar léi. Níor mhór di an méid sin a cheilt ar an gcuid eile, níor mhór dóibh dóchas a bheith acu. Ba chuimhin léi a chráite is a bhí Peig nuair a cailleadh Bríd agus nuair a d'imigh an mháthair. Chaithfeadh sí a hintinn a réiteach agus seift a cheapadh.

"Beidh mé ceart go leor. An bhfaighfeá deoch uisce dom, a Mhichíl, a stór," ar sise, agus thriomaigh sí a súile agus a srón.

"Cad tá i gceist leis an rud ar fad?" arsa Micheál. Bhí a aghaidh glas leis an imní, agus an scaoll ina sheasamh ina dhá shúil mhóra.

"Níl a fhios agam, a stóiríní, níl a fhios agam beo. B'fhéidir gur bhain rud éigin do Mham nó do Dhaid agus nach dtig leo teacht abhaile go fóill beag," ar sise, ag iarraidh misneach a chur iontu.

"Ach, a Eibhlín, teach na mbocht! Bheinnse scartha uait féin agus ó Pheig, agus bheadh an t-iomlán againn scartha ó Mham agus Daid. Deir Dónall Ó Coileáin go bhfuil na háiteanna sin lán de ghalair agus go gcluinfeá na daoine ag screadach agus tú ag dul thart. Níl mé ag dul ann. Rachaidh mé sa seans," arsa Micheál go daingean.

"Mura bhfuil Micheál ag dul ann, níl mise ach oiread," arsa Peig agus dreach sollúnta uirthi agus í ag breith ar láimh a dearthár.

Mhothaigh Eibhlín mar a bheadh ualach trom ar a croí. "Ach cá rachaimid? Ní féidir linn fanacht anseo."

"Cad faoinár gcairde? Muintir Choileáin nó Cáit Mhór?"

"Beir ar do chiall, a Mhichíl, a chroí," arsa Eibhlín. "Is maith na comharsana iad muintir Choileáin, ach tá an fiabhras ar Threasa agus níl an mháthair rómhaith ach oiread. Cad é mar a thabharfaidís aire do thriúr breise, agus bia a choinneáil leo? Agus i dtaca le Cáit de, tá croí maith mór aici, ach tá an teach an-bheag agus ar éigean atá oiread aici is a choinneodh í féin agus an gabhar agus an seanmhadra."

Thost siad ar fad.

"Cad faoi na gaolta?" arsa Peig go tobann.

Thiontaigh Eibhlín agus Micheál chuici.

"Ó, ní hiad Daideo agus Mamó ar neamh atá mé a rá," ar sise, "agus níl a fhios againn faoi Aint Cití, ach na haintíní a dhéanadh na cístí? Na haintíní a bhí sna scéalta. Choinneoidís siúd muid."

"Aintíní Mham, an ea? Nóra agus Léan a chónaíonn i gCaisleán an tSagairt? Ach tá sé sin an-fhada ar shiúl. Agus conas a chuirfeadh an triúr againne a leithéid de thuras dínn? Is cuimhin liom nuair a bhí Mamó tinn agus an bás aici go ndeachaigh Mam abhaile ar cuairt chuici. Thóg sé na laethanta uirthi an áit a bhaint amach, agus bhí carr agus capaillín aici. Bheadh orainne siúl — thógfadh sé cúpla seachtain orainn, agus cibé ar bith níl eolas an bhealaigh againn. Agus d'fhéadfadh sé gur rug cinniúint éigin ar na haintíní céanna." Bhí Eibhlín ag iarraidh gan an t-éadóchas a bheith le haithint ar a guth.

"Is fearr é ná teach na mbocht," arsa Micheál. "Is iad ár muintir féin iad, agus d'fhéadfadh Mam agus Daid teacht agus muid a fháil ansin. In ainm Dé, a Eibhlín, caithfimid fanacht le chéile."

Anonn sa lá, réitigh Eibhlín an bothán chomh maith is a d'fhéad sí. Rinne sí ceann gach aon duine a ní, gan bacadh leis an ngruaig a chíoradh ach díreach a scuabadh, agus shuigh siad ar fad thart faoin tine go dtriomódh sí. Thit a gcodladh orthu leis an tráthnóna.

Mhúscail Eibhlín de gheit le breacadh an lae. Léim sí as an leaba agus rinne ar an doras. B'fhéidir gur tháinig an mháthair agus nár éirigh léi teacht isteach agus iad go léir ina suan. Bhí an saol amuigh faoi chiúnas, gan oiread is ribe féir ag bogadh. I bhfad uaithi chonaic sí sionnach ag rith trí na páirceanna agus coinín óg ag sileadh as a bhéal. Bhí na héin ag tosú ag canadh. Lá eile ina thús. Shiúil sí síos giota den chabhsa, agus d'amharc siar ar an mbothán. An díon tuí salach, an dá leac taobh amuigh den doras a mbíodh Mam agus Daid ina suí orthu tráthnónta deasa samhraidh. An garraí le taobh an tí a mbíodh glasraí agus luibheanna ag fás ann nuair a bhí saol níos fearr ann. Na fálta thart ar an iomlán agus na sceacha geala arda taobh thiar. Ba é seo an baile acu. Conas mar a d'fhágfaidís choíche é?

Dá mbeadh a máthair ann le comhairle a chur orthu. Ach ní fhillfeadh an mháthair. Ní raibh ann ach an triúr acu feasta. Thiocfaidís tríd.

Baol orthu dul isteach i dteach na mbocht! Dhéanfaidís a mbealach a fhad leis na haintíní. I gCaisleán an tSagairt bheadh lucht aitheantais acu, agus daoine muinteartha leo féin. Tharraing Eibhlín cúpla anáil dhomhain gur líon a scamhóga d'aer úr a dúiche féin. Bhí obair le déanamh, siúd is go raibh a cuid putóg ag geonaíl leis an ocras. "An mháthair bheag " a thug Mam uirthi. Thabharfadh sí aire do Pheig agus do Mhicheál.

"Bígí in bhur suí, a leisceoirí gan náire," ar sise, nuair a chuaigh sí isteach arís. "Tá obair le déanamh."

Chuimil Peig a súile. Bhí cuma thuirseach, mhílítheach uirthi. "Ar tháinig Mam ar ais go fóill, a Eibhlín?" ar sise, agus codladh uirthi fós.

"Níor tháinig, a stór, níor tháinig," arsa Eibhlín de chogar, "ach tá mise anseo le haire a thabhairt duit. Ar mhaith leat dul ag triall ar na haintíní?"

"Ó, ba mhaith liom go mór é," arsa Peig.

"Amach leis an mbeirt agaibh mar sin agus déanfaimid plean éigin," arsa Eibhlín.

Theann siad orthu a gcuid éadaigh.

"A Mhichíl, caithfidh tusa dul síos tigh mhuintir Choileáin agus a rá leo mar atá an scéal — laithreach bonn, agus ní hé an ceann cipín sin de Pháid atá mé a rá, ach an t-athair is an mháthair. Bí deimhin de go ndéarfaidh tú leo gur ar na seanaintíní atá ár dtriall, ach go síleann Tomás Ó Dálaigh go bhfuilimid le bheith leis féin go teach na mbocht. Abair Nóra agus Léan, ar eagla go dtiocfadh Mam agus Daid ar ais ár lorg. Bí cinnte de go dtuigeann siad. Agus ná habair focal le duine ar bith eile," arsa Eibhlín.

Chuardaigh sí féin agus Peig trí cibé ceirteacha éadaigh a bhí acu agus roghnaigh an chuid ba sheascaire acu. Rinne siad cornaí de na pluideanna go léir.

Faoi dheireadh tháinig Micheál ar ais agus rian an ghoil air.

"Bhuel, cén scéal agat?" arsa na girseacha.

"Cailleadh Treasa inné," ar seisean agus tocht air. "Ní thiocfadh liom Páid a fheiceáil. Is é an cara is fearr sa saol agam é, agus b'fhéidir nach bhfeicfidh mé go deo arís é. D'inis mé an scéal ar fad don athair agus gheall sé dom, cé bith rud a tharlódh, go bhfaigheadh Mam ár dtuairisc."

Rinne Eibhlín agus Peig réidh dornán prátaí agus fuílleach beag mine. Shuigh siad go léir chun boird. Ba gheall le luaithreach an bia ina mbéal. Arbh é seo an béile deireanach dóibh sa bhothán sin? Bhí an cheist chéanna ag dul trína n-aigne go léir.

Nuair a bhí a gcuid déanta acu réitigh siad an áit. D'fhill siad pota agus friochtán, agus dhá channa stáin agus liach agus lann scine go cúramach sna pluideanna. Bhí beart an duine acu le hiompar. Roinn siad a raibh fágtha den bhia agus chuir i bhfolach ina gcuid pócaí é.

"Má thig Mam agus Daid ar ais agus gach rud ar shiúl — cad a cheapfaidh siad?" arsa Micheál.

"Tuigfidh siad go raibh orainn déanamh as dúinn féin. Is fearr é ná muid go léir a fhanacht anseo, gan bia ar bith agus an fiabhras thart orainn," arsa Eibhlín, ag iarraidh dul i gcion uirthi féin.

Shuigh siad ar an leac taobh amuigh den doras. Go tobann léim Eibhlín ina seasamh.

"Bríd!" ar sise. "Cad faoi Bhríd?"

Rith siad leo a fhad leis an bpáirc chúil.

Bhí an féar breac le bláthanna. Bhí an sceach gheal ina seasamh go hard agus a cuid géag faoi dhuilliúr dúghlas.

Tháinig mar a bheadh tonn síochána orthu. Rug siad ar lámha a chéile agus d'iarr ar Bhríd, a ndeirfiúr bheag, féachaint ina ndiaidh agus iad a thabhairt slán. Dar leo, bhí a gáire leanbaí le cluinstin sna géaga luascacha.

"Beidh cuimhne againn go deo ar an áit seo," ar siad.

"Téanam oraibh, a pháistí!" arsa Tom Ó Dálaigh, ag ligean scairte orthu ó bhun na páirce. "Ní féidir liom fanacht go deo libh." Bhailigh siad a gcuid giuirléidí ón teach agus tharraing Eibhlín an doras ina ndiaidh. Shiúil siad síos an cabhsa mar a raibh tuairim is ceithre dhuine dhéag cruinn.

Ní dúirt na páistí focal agus níor amharc siad siar.

Caibidil 5

An Bealach go Teach na mBocht

Shiúil na páistí leo tuairim is míle gan focal a rá. Chaith siad súil thart go tostach ar an gcuid eile den slua. Bhí sean-Síle Uí Chinnéide ann agus a hiníon Sibéal. Bhí an bheirt acu chomh lag gur ar éigean a bhí siad ábalta cos a chur thar an gcois eile. Bhí na súile slogtha siar ina gceann. Bhí Seán Mór Ó Loingsigh ann — bhí a fhios ag an saol go raibh an créatúr bocht ar chiall na bpáistí, ainneoin gur fear mór urrúnta a bhí ann — agus a dheirfiúr a thugadh aire dó roimhe seo. Bhí Cáitlín bheag Ní Eadhra ag siúl ina haonar, agus gach ar bhain léi ar shlí na fírinne. Agus an cúpla de mhuintir Chonchúir. Bhí corr-sheanduine ann chomh maith, agus cuma an-trí-chéile orthu agus iad ag scaradh leis an mbaile.

Bhí Eibhlín faoi seo ag siúl céim ar chéim le Cáitlín Ní Eadhra. Bhí smuilc éigin uirthi agus gan í chomh cairdiúil is ba ghnách.

"Ná habair thusa focal, a Eibhlín Ní Dhrisceoil. Tá mise lánsásta bheith ag dul isteach i dteach na mbocht. Ar a laghad ar bith beidh greim le hithe againn agus díon os ár gcionn. Tá mo mhuintir imithe, an uile dhuine riamh acu. Níl fágtha ach mé féin, agus tá mé chun teacht slán."

Níor thug Eibhlín freagra ar bith uirthi. I gcás ar bith eile, seans go mbainfidís sult as an tsiúlóid. Lá aoibhinn grianmhar a bhí ann. Bhí fás glas uaibhreach ar gach taobh, agus talamh maith féaraigh ann. Bhí na ba ag cogaint leo gan aird acu ar na daoine ag dul thar bráid. Aon áit a raibh eallach, bhí fear nó buachaill ar garda orthu le hiad a chosaint ar bhochta na dúiche. Le clapsholas dhúnfaí isteach san fhail iad go maidin, agus garda orthu.

Bhí cuma an-gheal ar na botháin agus ar na cróite beaga i measc na gcnoc glas. Thall is abhus bheadh bean ina seasamh sa doras agus an slua gioblachán ag dul thart. De ghnáth, ní dhéanfadh an bhean ach iompú thart láithreach agus an doras a dhúnadh. Nó chuirfeadh sí a naprún thar a cloigeann le nach bhfeicfeadh sí an radharc mí-ámharach. Bhí corrpháiste a bhreathnaigh amach agus a chroith lámh leo. Bhí náire ar

Eibhlín — mar a bheadh an saol mór ina coinne. Níor beannaíodh dóibh agus níor caitheadh focal cartha-nach ná grástúil leo ar feadh an achair.

Rinne siad moill bheag le sruthán, agus d'ól cuid acu bolgam uisce nó chaith boiseog de ar a n-aghaidh. Bhí Tomás Ó Dálaigh ag iarraidh gan féachaint san aghaidh orthu agus an chuma air go raibh ualach éigin ar a intinn. Bhain Síle Uí Chinnéide di na buataisí garbha a bhí uirthi agus thug faoina cois a ní.

Chuir siad sa siúl arís. Thosaigh Peig ag caoineadh go bog ach nuair a chonaic sí an faobhar ar shúile Eibhlín bhrúigh sí fúithi é.

"Ná bí thusa ag tarraingt aird na ndaoine orainn le do chuid plobaireachta, a chailín ó, nó buailfidh mé sceilp mhaith ort. An gcluin tú mé?"

"Tá go maith, a Eibhlín," arsa Peig go ciúin. "Ní dhé-anfaidh mé arís é." Thuig sí go gcaithfeadh sí í féin a iompar i gceart.

Bhí Dúinín beagnach fágtha ina ndiaidh acu, an dúiche ab eol dóibh chomh maith sin, agus gan ach cúpla míle eile le dul go teach na mbocht.

"A Mhuire Mháthair, mo chos bhocht!" arsa Síle Uí Chinnéide. Bhí sí ina luí ar an talamh agus a hiníon agus cúpla seanbhean ag cuidiú léi. Bhain sí di le dua na seanbhuataisí leathair. Bhí na cosa salach, fuil-teach, agus iad séidte, nimhneach. Bhí an créatúr bocht ag éagaoin le pian.

Sméid Eibhlín ar Mhicheál. Léim seisean go héasca thar chlaí íseal cloiche a bhí ann agus rinne ar mhuine bheag sceach mar a bheadh sé ag dul ag scaoileadh cnaipe dó féin. Nóiméad amháin agus bhí sé as radharc.

Sheas an bheirt ghirseach mar a raibh siad agus shiúil an Dálach ar ais gur bhuail faoi ar a ghlúin taobh leis an tseanbhean.

"Lig dom bás a fháil anseo ar thaobh an bhóthair mar go deo ní shroichfidh mé teach na mbocht," arsa Síle go caointeach.

Bhí an Dálach ag iarraidh baint fúithi agus í a shuaimhniú. Bhí súile an tslua air féachaint cad é a dhéanfadh sé.

Go tobann, bhain Eibhlín sracadh as sciathán Pheig agus idir tarraingt agus brú chuir thar an gclaí í. Chrom siad a ndroim agus d'imigh ina rith ag déanamh ar an muine. As sin rinne an triúr acu a mbealach go haclaí trí fhálta agus pháirceanna agus thar chlaíocha go leor eile. De réir a chéile bhí siad ag déanamh suas an cnoc, agus iad ag iarraidh fanacht i bhfolach an t-am ar fad.

"A Eibhlín! A Eibhlín, as ucht Dé ort agus tar ar ais!" Chuala sí Tomás Ó Dálaigh ag scairteadh ina diaidh i bhfad thíos. Choinnigh an triúr acu orthu ag rith. Bhí a gcroí ag réabadh ina gcliabh agus iad ag séideadh le saothar anála. Nuair a bhain siad cúl an chnoic amach mhoilligh siad. Bhí siad i ndiaidh dul siar ar a gcosán agus iad ar ais ar a n-eolas. Ní raibh smid le cluinstin ach scréach éin go hard sa spéir. Stad siad le sos a ghlacadh. Bhí a lorgaí uilig dóite ag na neantóga, an áit ar rith siad tríothu gan iad a mhothú.

"A Mhichíl, a Mhichíl!" An cúpla de mhuintir Chonchúir a bhí ann, Séamas agus Peadar, iad comhchosúil faoina ngruaig chatach rua agus a gcuid súl glas. Bhí siad ag druidim ina dtreo, ach ar ámharaí an tsaoil ní raibh siad braite acu. Chaith na páistí iad féin ar an talamh go beo agus thosaigh ag snámh ar a mbolg a fhad le tom mór aitinn. Bhí an t-aiteann go tiubh ar fud na háite, agus an tír timpeall mar a bheadh sí smeartha leis na bláthanna glébhuí. Bhí an t-aiteann géar, deilgneach. Stróic sé a lámha agus scríob sé a n-aghaidh, agus pholl sé an craiceann acu trí na héadaí féin. D'fhan siad ina luí gan corraí, agus eagla orthu anáil a tharraingt, go fiú. Anois a thuig siad do choinín nó ghiorria bocht a bheadh sáinnithe i dtom.

Ní raibh Peadar ach cúpla troigh uathu. Bhí slat ina láimh aige. Tharraing sé go teann ar an aiteann léi sa dóigh gur chrith an tom ar fad. Choinnigh Eibhlín na súile dúnta go dlúth.

"A Shéimí, a Shéimí, níl rian ar bith díobh thart. Cá fhad atá Tomás ag súil go leanfaimis den chuardach sula mbeirimid suas leis ar an mbóthar mór?" Bhí siad i ndiaidh bogadh giota ar shiúl faoin taca seo agus iad ag gearán leo. Bhí guthanna na beirte ag imeacht as, ba dhóigh leat, ach chomhairligh Micheál dóibh fanacht mar a raibh siad ar eagla gur cleas a bhí ann. Bhí Eibhlín chomh lúbtha sin go raibh a dhá cois ina gcodladh. Bhí dealg mhór ag brú ar a droim. Ba é a dícheall gan corraí a dhéanamh.

An chéad rud eile chualathas guth Pheadair ag ardú agus an tríú duine ag teacht ar an bhfód. An é an Dálach féin a bhí tagtha ar a lorg? Ní hé. Ní guth fir a bhí ann. D'aithin siad an guth. Cáit Mhór a bhí ann. Chuaigh tuairim is fiche nóiméad thart gan iad smid a chluinstin. An raibh sé sábháilte teacht amach?

"A Neans, a Neans, tar amach nó cá bhfuil tú uaim, a chladhaire. Tá mé cráite agat," ar Cáit Mhór go bladrach. Ar thóir an ghabhair a bhí an tseanbhean. Sin an rud a thug í a bheith thuas anseo sna páirceanna cúil.

"A Neans, tá mo chroí bocht scólta agat," arsa Cáit de ghlór caointeach.

Chonaic Eibhlín í idir na sceacha agus — níorbh fhéidir dó a bheith fíor — bhí Cáit ag caochadh uirthi, mura rud éigin a bhí ar an tsúil aici? Ní hea. Ag caochadh súile a bhí sí dáiríre. Bhí an tseanbhean ina seasamh díreach os a gcomhair.

"A Neans, a Neans!" ar sise os ard, ansin d'ísligh sí a guth. "Tá sibh ceart go leor anois, a spailpíní. Tá dalla-mullóg curtha agam orthu. Amach as sin libh go beo agus téanaigí abhaile liomsa."

Ar éigean a chreid siad é. Bhí siad righin, craptha, ach b'éigean dóibh coinneáil cromtha go dtí go raibh siad ag bothán Cháit. Bhrúigh sí isteach roimpi iad agus dhún an doras.

Bhí a súile ainchleachta ar an dorchadas istigh agus solas na gréine chomh láidir sin amuigh. Rug Cáit Mhór barróg ar an uile dhuine acu ar a seal. D'inis siad an scéal di ó thús deireadh mar a thug siad na cosa leo ó theach na mbocht. Bhí gach aon huth is hath aisti, agus mhol sí an misneach a bhí iontu. Fad a bhí siadsan ag caint fuair sise uisce agus ceirt agus thosaigh ag glanadh agus ag cuimilt a gcuid scrabhanna agus na dónna neantóg. Ansin thóg sí ruainne beag ungtha ar mhéar smúrach dá cuid gur chuimil ar an mball nimhneach é. Bhí boladh bréan as, mar a bheadh sé lofa, ach faoi cheann dhá nóiméad nó mar sin bhí maolaithe ar an bpian agus ar an dó. Bhí an bothán brocach, mar ba ghnách, agus bhí fonn ar Eibhlín an scuab a tharraingt chuici agus an áit a réiteach mar chomaoin ar an tseanbhean chroíúil a thug dídean dóibh. Ar éigean a bhí slí don cheathrar acu sa teach. Bhuail na páistí fúthu ar an urlár idir luaithreach agus salachar. Chuaigh

Cáit ag priocadh na tine agus chuir pota mór síos ag bruith.

"A pháistí," ar sise, "tá a fhios agaibh go bhféadfaidh sibh fanacht anseo agamsa agus fáilte."

Thuig Eibhlín gur óna croí amach a dúirt sí an focal sin, ach níorbh fhéidir leo fanacht ann mar bhí an teach róchúng, agus bhí Cáit cleachta ar an áit a bheith fúithi féin. Agus bhí an baol ann go bhfaigheadh Tomás Ó Dálaigh amach go raibh siad ann agus go gcuirfeadh sé an tseanbhean amach ar thaobh an bhealaigh mhóir.

"Fanfaimid an oíche, a Cháit," arsa Eibhlín, gan a bheith mímhúinte ná míbhuíoch, "ach le breacadh an lae amárach beimid ag cur sa siúl go Caisleán an tSagairt ar lorg ár n-aintíní. Níl a fhios againn cad a tharla do Mham agus Daid, ach tiocfaidh siad inár ndiaidh más féidir leo."

Bhí Peig ar a suaimhneas faoin taca seo. Ní raibh eagla uirthi a thuilleadh roimh an tseanbhean, ach í ina suí ag cosa Cháit ag déanamh bánaí leis an madra, Fánaí. Bhí boladh breá as an bpota ag éirí ar fud an tí. Bhí putóga na bpáistí ag geonaíl leis an ocras. Thóg Cáit ceithre phláta as faoi charn bruscair, thug cuimilt dá muinchille dóibh agus líon amach an brat galach le liach mhór. Ní raibh Eibhlín ná Micheál róchinnte cad é go díreach a bhí ann, ach is é a bhí blasta. B'fhéidir gurbh fhearr gan a fhiafraí cad a bhí ann, mar ní fios cén sórt rud a chaithfeadh an tseanbhean chéanna sa phota.

Ansin shocraigh Cáit leaba do Pheig ar a sráideog féin. Ina dhiaidh sin shuigh sí sa chlúid ag déanamh a comhrá le hEibhlín agus Micheál. Thóg sí a dó nó a trí de phrócaí ón tseilf gur bhain na claibíní díobh.

"Tá seo maith ar an bhfiabhras. Meascann tú le huisce é agus ólann tú é ceithre huaire sa lá," ar sise. "Agus tá an ceann seo maith ar phianta goile agus ar na crampaí. Tógann tú deannóg de na luibheanna seo agus cognaíonn tí iad — is cuma faoin drochbhlas. Agus seo an t-ungadh a d'úsáid mé anocht. Tá sé maith ar ghearrthaí agus ar chneánna, agus ar chealgadh nó phriocadh. Caithfear an gortú a ghlanadh go maith ar dtús, sula gcuirtear an t-ungadh air."

Chuir sí na claibíní ar ais ar na prócaí agus shín chuig Eibhlín iad. "Tá bealach fada romhaibh, agus is maith an taca an dúlra. Coinnígí amach ó dhaoine eile ar na bóithre mar bíonn an fiabhras ar iompar leo. Leanaigí go dlúth den abhainn agus déanfaidh sí an t-eolas daoibh. Is fiú cnuasach tíre a dhéanamh, ach seachnaígí aon chineál caor ná muisiriún nach n-aithníonn sibh, agus ná bainigí d'aon ainmhí marbh dá bhfaighidh sibh. Agus ná hithigí feoil nach mbeidh úr. Go dtuga Dia slán sibh, a chréatúirí. Beidh mé ag cuimhneamh oraibh agus beidh súil in airde agam do bhur máthair."

Nuair a bhí an méid sin ráite aici, d'éirigh an tseanbhean gur bhain di cúpla craiceann éadaigh agus luigh isteach sa leaba taobh le Peig. Bhí oiread tuirse ar Eibhlín agus ar Mhicheál gur shín siad amach ar an urlár agus thit ina gcodladh.

Bhí ball bán ag teacht ar an lá nuair a rinne siad réidh le himeacht. Deoch de bhainne gabhair agus giota aráin stálaithe a bhí mar bhricfeasta acu. Rith dhá dheoir mhóra le grua Cháit agus d'fhág dhá rian bhána ina ndiaidh ar a haghaidh smúrach. Thuig siad go léir nár dhócha go gcasfaí ar a chéile go deo arís iad.

"Go gcumhdaí Dia sibh," arsa Cáit, agus chroith sí lámh leo agus iad ag siúl uaithi tríd an bhféar fada drúchtmhar, ag déanamh ar an abhainn a bhí le feiceáil ina stiall ghorm shoilseach i bhfad ar aghaidh idir na crainn.

Caibidil 6

Cois Abhann

Bhí fionnuaire fós ann agus iad iag siúl tríd an bhféar fliuch le moch na maidine. Bhí na comharthaí ann go ndéanfadh sé lá brothallach. B'fhurasta dóibh a shamhlú nach raibh i gceist acu ach dul ar eachtra bheag éigin. D'éirigh corrfhrancach as an bhféar rompu. Rinne siad a mbealach go faichilleach trí ghort coirce, áit a raibh na cailleacha dearga ag bobáil ar a gcuid gas ard caol mar a bheidís ag beannú dóibh. Bhí siad chomh meall-tach sin gur thosaigh Peig á mbaint, ach níorbh fhada go raibh siad sleabhctha ina láimh agus na peitil mhíne greamaithe dá chéile. B'fhearr iad a fhágáil ag luascadh dóibh féin sa ghaoth.

Tuairim is uair an chloig a thóg sé orthu an abhainn a bhaint amach. Bhuail siad fúthu ar na carraigeacha agus lig a gcosa síos san uisce glan fuar a bhí ag rith go tréan thar chlocha is ghrean. Lean siad cúrsa na habhann ar feadh dhá uair an chloig, ach bhí an talamh ag dul i mboige de réir a chéile agus iad ag dul in abar sa phludar. Bhí siad ag streachailt trí pháirc leathbháite agus an láib ag greamú dá mbróga. Chonacthas dóibh go raibh an feár níos tirime ar an mbruach thall, agus gan oiread de na poill mharbhuisce ann is a bhí timpeall orthu abhus.

"Caithfimid dul thar an abhainn," arsa Micheál go sollúnta, "nó is eagal liom go sáinneofar anseo muid agus go mbeidh orainn an talamh ard a thabhairt orainn féin." Bhí na súile scafa go maith aige nó gur bhraith sé spota a shíl sé a bheadh oiriúnach le dul trasna.

Bhí an abhainn caol san áit sin agus líne de chlocha móra caonaigh mar a bheadh cosán ann thar an sruth glórach.

"Rachaidh mise ar dtús," arsa Micheál, "leis an eolas a dhéanamh daoibhse, a ghirseacha. Ansin tiocfaidh mé ar ais faoi choinne Pheig."

Shiúil sé amach a fhad leis an gcéad chloch. Bhí sí corraiceach, agus bhog faoina chois. Phreab sé anonn chuig an gcéad cheann eile, a bhí fada caol, agus ar aghaidh chuig dhá cheann bheaga, agus ansin thug sé léim in airde ar stacán eibhir. Bhí sé furasta go leor ansin léim go glan ó chloch go chéile nó go mbainfeá

amach an greanach ar an taobh thall. D'umhlaigh
Micheál do na cailíní le barr laochais. "Nnach raibh sé
sin breá éasca, a Pheig?" ar seisean. "Tá mé ag teacht ar
ais faoi do choinne."

Shiúil Peig amach giota den bhealach, agus lean na
treoracha a thug Micheál di. Nuair a bhog an chloch
mhór fúithi bhí sí cinnte go dtitfeadh sí san uisce, ach
shín Micheál lámh chuici agus fuair sí a cos a chur i
dtaca arís. Bhí go maith go dtí go raibh siad ag an stacán
eibhir. B'éigean do Mhicheál dul roimpi agus í a thar-
raingt aníos air. Nuair a chrom sé ina treo d'aithin sé gur
gearradh a lorga agus go raibh an fhuil ag sileadh síos
san uisce gléghlan. Bhí Eibhlín ag teacht ina ndiaidh
agus gan í ach cúpla cloch taobh thiar díobh. I gceann
nóiméid bhí siad uilig slán sábháilte ar an mbruach
thall.

"A Mhichíl," arsa Eibhlín, "bhain gearradh duit! An
gcuirfidh mé cuid d'ungadh Cháit air?"

Chroith seisean a ghuaillí. "Is leor é a ní, níl ann ach
scríobadh beag. Ná bí ag imní — tá tú beagnach chomh
dona le Mam."

Chuir siad sa siúl arís. Thosaigh siad ag drantán ar
fhonn a bhíodh ag a n-athair. Bhí Peig ag stopadh gach
re nóiméad agus ag tógáil púiríní cloiche agus
bláthanna agus cleití éan, ach nuair nach raibh duine ar
bith eile sásta aon chuid acu a iompar, b'éigean di iad a

ligean uaithi. Shiúil siad leo ar feadh cúpla uair an chloig. Bhí an ghrian in ard a cúrsa agus í díreach os a gcionn. Bhí sruth allais lena n-éadan agus le cúl a muiníl.

"Teastaíonn sos uaim," arsa Peig. "Níl coiscéim féin fágtha ionam." Bhí a haghaidh chomh séidte, agus cuma uirthi go raibh sí marbh tuirseach.

Bhuail an triúr acu fúthu de thuairt lena scíth a ligean. Bhí canna de bhainne gabhair leo a thug Cáit Mhór dóibh. Bhain siad cúpla slogóg an duine as. Leis an teas a bhí sa lá, bheadh sé ó mhaith faoi cheann cúpla uair an chloig. Bhí beagán bróise leo chomh maith. Bhí a ndóthain sa mhéid sin. Chuirfidís an chuid eile i dtaisce go fóill. Nigh siad an canna san abhainn agus líon le huisce é. Ansin shín siad amach faoin ngrian mar a bheadh ál piscíní ann. Bhí siad róthuirseach le caint a dhéanamh, fiú amháin. Níor thuig Eibhlín cad é mar a tharla sé, ach b'éigean gur thit siad ar fad ina gcodladh, mar nuair a mhúscail sí bhí an ghrian íseal sa spéir agus an teas mór imithe aisti. Thug sí sonc don chuid eile le hiad a chur ina suí, mar ba mhithid dóibh bheith ag imeacht dá mba leo cúpla míle eile a chur díobh de sholas lae.

Ar ball fuair siad áit shábháilte sheascair dóibh féin a bhí fós ar radharc na habhann, agus scar siad na pluid-eanna amach ar an raithneach bog. Bhí greim eile le hithe acu, ansin dhruid siad isteach le chéile agus bhreathnaigh ar an spéir ag dorchú. Bhí siad ina gcnap codlata sular nocht na réaltaí ar an aer.

*   *   *

Chuir siad trí lá eile díobh mórán mar an gcéanna. Bhí mála an bhia ag dul in éadroime i rith an ama, agus ní gan fhios d'Eibhlín é. Agus níor chneasaigh an "scríobadh beag" úd ar Mhicheál, ach é ag déanamh braoin faoin ngearb, agus stríoca caola dearga ag rith uaidh suas i dtreo a ghlúine. Bhí siad go léir níos moille ar a gcoiscéim faoin taca seo, ach bhí tuairim mhaith ag Eibhlín go raibh Micheál i bpéin. D'éirigh léi smearadh d'ungadh Cháit Mhór a chur ar an gcneá an oíche ro- imhe sin, ainneoin na cainte go léir uaidh féin. Mura raibh sé mall acu.

An ceathrú lá, bhí meirfean millteanach ann, ach gan aon radharc ar an ngrian. Bhí marú ceart san aimsir sin don té a bheadh ag siúl, agus gan oiread aeir ann, ba dhóigh leat, is a líonfadh do scamhóga. Idir bearnaí i ngiolcach agus i bhfiaile na habhann bhíodh spléachadh acu ar dhaoine ag gabháil an bhóthair giota maith uathu. Bhí an talamh cois abhann sách clochach, agus mheas Eibhlín gurbh fhusa do Mhicheál siúl ar an mbóthar réidh. Chuaigh siad thar chorrdhuine eile ar an mbóthar céanna, ach choinnigh siad amach uathu,

mar a mhol Cáit Mhór dóibh. Ansin casadh fear ar
chapall dóibh, agus carr sleamhnáin á tharraingt ina
dhiaidh. Bhí ceirt éadaigh thar a bhéal agus é ag
stánadh díreach roimhe. Ar an gcarr sleamhnáin bhí a
ceathair nó a cúig de choirp caite ar mhullach a chéile,
gan ann ach na cnámha, ba dhóigh leat, agus a
gcraiceann lom le feiceáil trí na bratóga acu. Dhruid na
páistí siar agus thug a gcúl leis. Bhuail Eibhlín a bosa
thar shúile Pheig le hí a chosaint ar an radharc scáfar.

Lean siad orthu go lagmhisniúil cúpla míle eile nó
gur tháinig siad ar chóiste agus é timpeallaithe ag slua
de dhaoine tostacha, bagracha. Bhí an gíománach ag
iarraidh an dá chapall a shuaimhniú, agus an bheirt
phaisinéirí ar crith roimh an bhfiántas seo thart orthu.
Bhí eagla a n-anama orthu. D'éirigh an fear amach agus
thosaigh ag caitheamh airgid thart ar an talamh, le súil
is go scaipfeadh an slua agus an bealach a fhágáil acu.
Bhí a boinéad caillte ag an mbean agus í bán san
aghaidh ó chonaic sí an chuma uafásach a bhí ar fhir
agus mhná agus pháistí sa timpeall.

Ghlac na páistí scanradh den iomlán agus d'éalaigh
siad den bhóthar gur lean de chosán a bhí ag rith
comhthreomhar leis an abhainn. Ní thiocfadh le
hEibhlín gan bheith ag cuimhneamh ar feadh an ama
ar a máthair is a hathair, agus gan a fhios aici cad é a
d'imigh orthu.

Faoi mhaidin bhí cos Mhichíl ata, agus ní thiocfadh leis a ghlúin a lúbadh. Ní mór an dul chun cinn a dhéanfaidís agus ciotaí mar sin orthu. Ach streachail sé ar aghaidh míle mó mar sin. Ansin thiontaigh Dia an t-ádh leo agus gan súil ar bith acu leis. Bhí siad díreach i ndiaidh dreapa a chur díobh nuair a thug siad faoi deara ag ceann eile na páirce, faoi chlampa de chrainn chnó capaill, an dual beag deataigh ag éirí san aer. Rith Peig ar aghaidh.

"Tine atá ann!" a scairt sí. "Déanaigí deifir go bhfeice sibh."

Bhí an ceart aici. Ar éigean a chreid siad é — luaithreach tine! D'imigh Eibhlín ag cuardach go fuadrach thart faoi bhun na gcrann ag lorg cipíní tirime. Fuair sí ceann nó dhó agus leag iad go cúramach anuas ar an luaithreach te, ansin chuaigh sí ar a glúine agus thosaigh ag séideadh go bog faoi. Chonacthas lasóg bheag ag borradh ann. Bhí Peig ag preabadach le lúcháir. Shiúil bladhm bheag chaol ar na cipíní tirime agus las siad de phléasc. Bhí tine acu. Lig Micheál é féin síos go faichilleach ar an talamh agus chuir a dhroim le stoc crainn agus a chosa sínte amach roimhe. Scaoil na girseacha a gcuid giuirléidí díobh agus d'imigh ag lorg tuilleadh brosna. Bhí siad anonn agus anall le cipíní agus spreasáin go dtí go raibh oiread acu agus a choinneodh an tine ag imeacht.

Ba léir go ndeachaigh daoine eile an bealach le gairid. Chuardaigh Eibhlín san fhéar fada nó gur tháinig sí ar mhaide gabhlach leathloiscthe a bhí acu le haghaidh na tine. Chroch sí an pota as agus chuir roinnt uisce ann agus cnapán blonaige, agus dhá mhám de mhin bhuí. Chuir sí síos trí fhalcaire de phrátaí le róstadh sa ghríosach. Bheadh béile maith acu anocht, mar bhí siad lag ón ocras, agus theastódh neart is fuinneamh agus iad ar thóir a gcoda feasta.

Bíodh go raibh an aimsir te, b'aoibhinn leo teas na tine, agus boladh na cócaireachta. Bhí an chuma ar Mhicheál go raibh sé marbh tuirseach. Ní raibh an dara rogha aige ach a shuaimhneas a ghlacadh, agus ligean do na girseacha an obair go léir a dhéanamh. Thosaigh an bia ag dó, agus bhí ar Eibhlín é a scríobadh den phota, ach nár chuma fad is a bhí rud éigin te ag duine le cur ar a ghoile. Chuir sí lán an phota d'uisce síos le fiuchadh.

"Cad chuige an t-uisce?" arsa Micheál. "Ná habair go bhfuil tuilleadh bia ann."

"A phleidhce!" arsa Eibhlín. "Faraoir gan an spúnóg adhmaid agam. Éist do bhéal. Is faoi do choinne féin é, nó faoi choinne na coise agat, agus má bhíonn tú go maith b'fhéidir go bhfaighidh tú práta rósta ar ball."

Níorbh fhada go raibh an t-uisce ar fiuchadh.

"Cad é tá tú ag dul a dhéanamh, a Eibhlín?" arsa

Micheál agus faitíos ina ghlór.

"Rud a chonaic mé Mam a dhéanamh uair nó dhó," arsa Eibhlín. "An cuimhin leat nuair a chuaigh an scealp i láimh Dhaid, agus nuair a bhain drochghearradh do ghlúin Pheig? A Mhichíl, tá an chneá sin lán nimhe. Caithfimid é a tharraingt agus a ghlanadh."

Thóg sí an pota den tine agus leag ar chloch é. Fuair sí an lann scine agus choinnigh san uisce í cúpla nóiméad. Ansin theann sí go beo í leis an gcneá go ceann soicind nó dhó. Chuir Micheál scread as le pian. Lig Eibhlín an lann uaithi agus stróic stiall éadaigh dá léine spártha. Thum sí an t-éadach san uisce agus d'fháisc é ar an gcneá agus thart ar an lorga.

"Tá sé róthe!" arsa Micheál. "Bain díom é, as ucht Dé ort, a Eibhlín!"

"Ní bhainfidh," arsa Eibhlín go daingean. "Caithfear é a fhágáil ort." Agus thosaigh sí ag stróiceadh stiall eile den éadach agus á thumadh san uisce, agus í ag guí i rith an ama nach bhfeicfeadh a deartháir óg na deora a bhí ina súile.

D'athraigh sí an bréid faoi thrí, agus an tríú huair bhí smál buíghlas ar an éadach an áit a raibh an braon i ndiaidh sileadh. Dhoirt sí an t-uisce — a bhí fós bogthe — ar an gcois agus ghlan an chneá, agus d'fháisc bréid tirim ar an lorga.

Ba mhór an faoiseamh d'Eibhlín é ar maidin nuair a

chonaic sí Micheál. Bhí an t-at íslithe agus an lasadh feargach imithe as na stríoca dearga a bhí ag rith ón gcneá suas. D'fhógair sí dó gan seasamh ar an gcois sin, ach a scíth a ligean fad a bheadh sí féin ag fiuchadh uisce agus ag athrú an bhréid arís.

Ba é an chéad ghá anois acu tuilleadh uisce agus tuilleadh brosna a fháil, agus greim le hithe dá mb'fhéidir é. D'imigh Eibhlín léi ag tarraingt ar shruthán a thug sí faoi deara tamall ó shin agus líon sí na cannaí arís. Ní ligfeadh sí Peig chuig an sruthán agus gan fhios nach titim san uisce a dhéanfadh sí, nó an t-iomlán a dhoirteadh ar an mbealach ar ais. Ar thóir brosna a cuireadh Peig, agus dúradh léi dá bhfeicfeadh sí rud ar bith a bheadh inite, marc a choinneáil air. Ach go gcaithfeadh sí fanacht faoi fhad scairte de Mhicheál.

Rith an t-ádh le hEibhlín, mar chonaic sí ar an mbealach ar ais an tom de shútha talún mar a bheadh croíthe beaga dearga ann ag gobadh as neantóga is fiaile. Thiocfadh sí ar ais faoina gcoinne, agus gheobhadh sí dornán de na neantóga úra le haghaidh anraith. Bhí Peig ar ais roimpi agus í ag rith ina haraicis go lúcháireach.

"A Eibhlín! A Eibhlín! Fan go bhfeice tú cad tá agamsa. Tar uait go beo!" arsa Peig.

Leag Eibhlín na cannaí uaithi in áit chothrom go bhfeicfeadh sí cad ba bhun leis an ngó go léir. Chuaigh

Peig i gcúl an chrainn agus tháinig ar ais agus pánaí mór coinín ag sileadh as a lámha. Bhí a shúile móra gloiní mar a bheidís ag stánadh orthu. Bhí an chuma air go raibh sé marbh le lá nó dhó.

"Cá bhfuair tú é, a chroí?" arsa Eibhlín go séimh. "Ní hamhlaidh a rug tú féin air?"

"Ní hamhlaidh, a Eibhlín. Is é rud a tháinig mé air, agus é díreach ina luí taobh le tom de bhláthanna deasa gorma. Nach iontach é?" ar sise go bródúil.

Ní raibh a fhios ag Eibhlín cad é ba chóir a rá. Bhí a fhios ag Dia na glóire gur géar a bhí greim feola ag teastáil uathu, ach bhí cuimhne aici ar an méid a dúirt Cáit Mhór leo, gan ach an chuid ab úire den fheoil a ithe agus fanacht glan ar aon rud a dtiocfaidís air agus é marbh cheana.

"A chroí istigh," arsa Eibhlín, "an cuimhin leat an rud a dúirt Cáit Mhór linn?"

Bhí díomá mhór ar Pheig agus d'imigh an aoibh dá haghaidh. Ach d'aithin sí go raibh ciall le caint Eibhlín, agus rith sí a fhad le clampa crann gur chaith an coinín uaithi. Dúirt Eibhlín léi, mar chompord di, gur dócha go raibh coiníní eile thart, agus go mb'fhéidir go mbéar-faidís ar cheann acu go fóill. Agus dúirt sí léi an pota a fháil agus go dtaispeánfadh sí di an áit a raibh sútha beaga talún ag fás.

Thug siad an lá ag cnuasach aon rud a d'fhéadfaí a

ithe, agus ag bailiú brosna. Theastaigh ó Mhicheál tabhairt faoin siúl, ach mhol Eibhlín dó lá eile scíthe a ghlacadh. Rinne siad craos ar na sútha talún go raibh a mbéal dearg leo. Tháinig Eibhlín ansin ar seangharraí a raibh a dó nó a trí de chairéid óga agus de thornapaí fágtha ann. Líon sí a pócaí leo agus í ag smaoineamh go sásta ar an anraith breá beathaitheach a dhéanfaidís ach cúpla slisne práta a chur leo.

An tráthnóna sin bhí an ghrian chomh te gur rith Eibhlín agus Peig síos chun na habhann le fionnuarú a thabhairt dóibh féin. Shiúil siad amach go raibh an t-uisce go coim orthu, iad ag caitheamh steallóg ar a chéile agus ag ní an tsalachair dá sciatháin nochta agus dá n-aghaidh. Ansin shín siad amach ar bhruach na habhann ina léinte go raibh siad tirim ag an ngrian.

Bhí a sháith anraith ag gach duine an oíche sin, agus deireadh na mine buí ón bhfriochtán.

Lá arna mhárach, bhí Micheál ina shuí roimh na girseacha agus é ina sheasamh go mórtasach os a gcomhair le taispeáint go raibh biseach ar a chois. Bhí an siúl cineál righin aige, ach ní shásódh rud ar bith é ach cuaird na háite a thabhairt. Thuig siad gur chóir dóibh bheith ag cur chun bóthair arís, ach ba leasc leo imeacht ó chompord na tine. Chuir siad cúl uirthi sula dtaispeánfaidís an áit do Mhicheál.

Thug Peig iad go dtí an áit a bhfuair sí an coinín.

Chrom siad síos sa raithneach agus i gceann na haim-
sire tháinig scaoth de choiníní óga ag súgradh agus ag
iníor faoi chúpla slat díobh. Cor níor chuir na páistí
díobh. Bhí cnap cloiche ina láimh le Micheál. Bhraith
sé ceann de na coiníní a bhí imithe rófhada ón gcuid
eile agus é ag iníor ar an bhféar milis. Thóg sé amas air
láithreach. Ar dtús, chonacthas dó nach ndearna sé
ach néal a chur ann. D'imigh na coiníní eile as radharc
i bpreabadh na súl. Thuig Micheál a chruinne is a bhí
an t-aimsiú aige nuair a stiúg an coinín. Rith sé chuige
agus d'ardaigh ó thalamh é. Chomh beag leis! Ní mór
an greim a dhéanfadh sé, ach ar a laghad ar bith
b'fheoil é.

Tháinig Peig ina rith chuig Micheál agus bhuail
buille sa bhrollach air. Ba léir gur ghoill sé uirthi bás
an choinín a fheiceáil. Mheall Eibhlín chun siúil í fad a
bhí Micheál ag baint an chraicinn den choinín agus á
ghlanadh. Ach nuair a rinne Eibhlín an coinín céanna
a bhruith sa phota le cúpla cairéad agus dosán
creamha, ní raibh locht ar bith ag Peig ar an mbéile. An
oíche sin bhí goile teann acu go léir lena raibh de bhia
caite acu.

Bhí sé fós dorcha nuair a mhothaigh siad braonta
éadroma fearthainne ar a n-aghaidh. I dtrátha a seacht
ar maidin tháinig sí trom, buan. Bhí an tine as, agus
uisce na spéire ag rith tríd an luaithreach agus ag

imeacht ina shruthanna liatha tríd an bhféar. Bhailigh siad le chéile a gcuid giuirléidí. Tharraing na girseacha a gcuid seálanna thar a gcloigeann. Níorbh fhiú fanacht a thuilleadh. B'fhearr dóibh bheith ag bualadh bóthair.

Teach an Bhrat

Aimsir cheathach a bhí ann go ceann dhá lá eile. Bhí a gcuid éadaigh uilig tais. Bhí pianta sna cnámha acu. San oíche b'éigean dóibh luí ar an talamh lom san áit ab fhearr foscadh, agus na pluideanna fliucha thart orthu. Bhí siad i ndiaidh an bóthar mór a thabhairt orthu féin arís, mar bhí an féar rófhliuch le bheith ag siúl ann.

Théadh corrdhuine thart. Ní dhéanadh a mbunús ach beannú dóibh le claonadh dá gceann. Bhí séala na hainnise orthu, iad gioblach, brocach, gortach. Níor thuig na páistí go raibh cuma chomh holc céanna orthu féin. Mar a tharla, tháinig gasúr ard tanaí suas leo, é tuairim is cúig bliana déag d'aois, agus choinnigh sé cos leo as sin amach.

"Mise Seosamh Ó Luasaigh," ar seisean, ag umhlú go béasach. Bhí a chuid éadaigh faoi bhrat salachair, agus idir bholadh an allais uaidh agus an smúit go léir chuir Eibhlín cor ina srón leis. Ina dhiaidh sin is uile, comrádaí suairc a bhí ann, agus taobh istigh de leathuair an chloig bhí Eibhlín oiread ar a suaimhneas leis gur bhog sí a greim ar mhála an bhia, a bhí ionann is folamh faoin taca seo.

Dúirt Seosamh leo go raibh siad faoi shiúl uaire de bhaile Chinnín. Chuala sé go raibh dream aisteach creidimh éigin i ndiaidh teach brat a chur ar bun ann ar mhaithe le bochtáin na háite.

"Téimis ann," ar seisean. "Cá bhfios ná go mbeidh béile mór le fáil againn, agus deis lenár scíth a ligean."

B'fhíor do Sheosamh. Dhéanfadh sé maitheas dóibh béile ceart a fháil, agus b'fhéidir go gcasfaí duine dá lucht aitheantais dóibh a mbeadh tuairisc Mham nó Dhaid leis. Go Cinnín, mar sin.

Bhí amharc súl de dhaoine rompu sa sráidbhaile. Bhí na céadta gioblachán gortach plódaithe isteach sa phríomhshráid. Bhí siad tar éis dul ina scuainí, ag tnúth le greim bia a fháil uair éigin. An méid acu a bhí rólag le seasamh, bhuail siad fúthu ar an talamh go brúite, ach gan scaradh lena n-ionad sa líne. Chuaigh na páistí i ndeireadh na scuaine thiar. Chaith Eibhlín a súil thar an slua, féachaint an aithneodh sí aghaidh ar bith ina measc.

Agus a leithéid d'aghaidheanna — go deo ní chaill-feadh sí cuimhne orthu. An chuma chéanna orthu go léir. Na leicne lom caite acu, na súile leata agus amharc folamh iontu agus bogha dubh fúthu, na beola tanaí teann, agus dath buí ar go leor acu. Bhí siad as aithne ag gorta is galar. Ba gheall le taibhsí anois iad. Bhí seanmhná ag iarraidh brú chun tosaigh sa scuaine. Bhí máithreacha ag stánadh rompu agus leanaí beaga ag sileadh astu agus iad ag fuarchaoineadh. "Is geall le hIfreann é," arsa Eibhlín léi féin, agus eagla uirthi thar mar a bhí riamh ina saol.

Go tobann nocht triúr ban a raibh naprúin agus caipíní orthu i ndoras seanbhotháin tamall uathu agus coire mór trom ar iompar acu. Bhrúcht an slua chun tosaigh ar an bpointe. Ní raibh ann ach go raibh am ag Eibhlín greim a fháil ar Pheig, a baineadh glan dá cosa sa bhrú. D'fháisc Peig a sciathán thart ar choim Eibhlín agus lig a cloigeann lena hucht. Bhí sí cloíte tuirseach agus faitíos a croí uirthi.

Bhí na mná tosaithe ar an mbrat a dháileadh ina liacha. Bhí mugaí stáin ann dóibh siúd nach raibh soitheach ar bith dá gcuid féin acu. Bhíothas i ndiaidh an coire a athlíonadh faoi dhó sula bhfuair na páistí bogadh chun cinn.

Bhí radharc níos fearr ag Eibhlín ar an ngnó ar fad anois. Chonaic sí daoine istigh sa bhothán ag gearradh cairéad agus tornapaí agus oinniún agus á gcaitheamh isteach i ndabhcha móra adhmaid, in éineacht le mámanna eorna agus buicéid uisce. Bhí fear agus buicéad aige a bhí lán de phíosaí feola agus de chosamar eile agus chaitheadh sé an méid sin isteach chomh maith.

Bhí an tráthnóna á chaitheamh agus gan iad ag ceann na líne fós. Ba chuma leis na páistí fad is nach rithfeadh an brat sula dtiocfadh a seal féin. Faoi dheireadh bhí siad ann. Bhí bean chloíte a d'impigh ar an bhfreastalaí dhá mhuga bhreise a thabhairt di dá bheirt pháistí a bhí tuairim is leathmhíle siar an bóthar, agus gan iad in ann coiscéim eile a shiúl. Diúltaíodh di, ach nuair a bhain sí slog as a muga féin ní raibh moill ar an bhfreastalaí é a athlíonadh go dtí an tsúil. Rinne an bhean a bealach siar tríd an slua agus í ag tabhairt aire na gloine don deoch. Nuair a tháinig a seal, bhain Eibhlín agus Micheál agus Peig agus Seosamh uilig slog maith as a gcuid féin, ach níor tugadh aon bhreis dóibh. Fuair siad áit réidh le suí agus sult a bhaint as an mbéile. Bhí an brat lán úisc agus súilíní gréisceacha ag snámh ar a bharr, ach choinneodh sé ag imeacht iad.

Thug siad an oíche sin i gCinnín, mar bhí sé ina ráfla go raibh teach an bhrat le hoscailt arís ar mheán lae arna mhárach. I rith na hoíche tháinig seanduine chucu gur chroith as a suan iad. Dúirt sé leo glanadh as an áit, mar go mbeadh lucht an ainchreidimh ag iarraidh iad a iompú ar maidin, agus dá nglacfaidís le hoiread is muga amháin eile den bhrat go mbeadh sé lán chomh maith acu glacadh le scilling na banríona. Níor thuig na páistí cad faoi a raibh sé ag caint, agus níor thug siad aon aird air.

Ar maidin, fuair siad áit dóibh féin leath bealaigh síos an líne gortachán. I gceann tamaill thug siad faoi deara fear a raibh cuma charthanach air agus beirt bhan leis ag siúl tríd an slua. Ó am go chéile shiúladh an bhean ab óige amach ón slua agus gasúr óg nó girseach léi ar ghreim láimhe, nó tachrán ina baclainn aici, agus í ag tarraingt ar theach mór ar imeall an bhaile. Bhuaileadh sí cnag ar dhoras glas, théadh isteach, agus thagadh amach ar ball ina haonar.

B'ait le hEibhlín cad é a bhí ar bun acu. An amhlaidh a bhí siad ag tabhairt na bpáistí go dílleachtlann nó teach na mbocht de shórt éigin? Bhí na mná ag teacht ina dtreo. Bhuail an bhean ba shine chun cainte le Peig. Bhí sí ag fiafraí di an raibh sí ina haonar. Shín Peig a méar chuig Eibhlín agus Micheál. "Ach cá bhfuil d'athair is do mháthair?" a d'fhiafraigh an bhean.

Chuir Eibhlín amach a lámh gur bhain sracadh as Peig, a bhí ag stánadh ar an mbean agus gan a fhios aici cad é ba chóir a rá. Chaith Eibhlín a súil go tapa thar an slua. Tamall uaithi bhraith sí bean rua ina suí ar chéim chloiche agus a fear céile ina sheasamh lena taobh.

"Sin iad, a bhean uasal!" arsa Eibhlín go beo, agus phointeáil sí a méar ar an lánúin. Bhí amhras ar an mbean uasal. Ansin chroith Eibhlín lámh leis an mbean rua. D'aithin an bhean rua go raibh duine éigin ag croitheadh léi, agus sméid sí a ceann ar Eibhlín, agus í ag fiafraí di féin in ainm Dé cérbh í an ghirseach fhionn sin. Bhí an bhean uasal sásta, agus bhog sí léi.

Nuair a fuair siad a sciar den bhrat tiubh caoireola, rinne siad a mbealach ar ais go himeall an bhaile. Bhí fonn ar na Drisceolaigh bheith ag cur chun bóthair arís, ach bhí Seosamh ag impí orthu fanacht mar ba leasc leis scaradh lena chairde nua. Mhínigh siad dó faoi na haintíní agus go raibh siad ag súil go mbainfeadh Mam nó Daid amach iad luath nó mall. Theastaigh uaidhsean cúpla lá eile a chaitheamh i gCinnín agus aghaidh a thabhairt ansin ar cheann de na calafoirt, féachaint an bhfaigheadh sé áit ar long a bheadh ag dul go Learpholl.

Bhí aigne bhrúite acu agus iad ag scaradh le chéile. Bhí tocht ar chroí Mhichíl agus cara maith eile ag imeacht uaidh.

Caibidil 8

Cois Locha

 Shiúil na páistí leo. Bhí dhá chlog mhóra ar chois Pheig. I gceann gach aon tamaill chuireadh Eibhlín smearadh d'ungadh Cháit Mhór ar an gcois di. Ar an gcuid is mó de, bhí craiceann na gcos acu mar a bheadh leathar dubh ann. Bhí lámha Eibhlín crua garbh faoin taca seo agus léasacha orthu ón méid a bhí le hiompar aici. Bhí iarracht den bhuinneach uirthi, agus bhí an milleán aici ar bhrat Chinnín, mar fuair sí sean-bhlas ar an bhfeoil ann. Cogain sí ar luibheanna leighis Cháit Mhór le súil is go maolódh sin an samhnas aici agus go mbogfadh sé na crampaí boilg.

Uair dá raibh siad ag glacadh a scíthe, d'airigh siad an boladh a bhí bréan i gceart. Ba mheasa é ná boladh na bprátaí féin an t-am a tháinig an dubh orthu.

"Cad é a bheadh ann, a Eibhlín?" arsa Micheál "Nó an amhlaidh atá an uile rud timpeall orainn ag lobhadh agus ag dul in éag?"

Nuair a rinne Eibhlín agus Peig ar mhuine bheag sceach lena gcúram a dhéanamh, bhris an bréantas ina thonn mhór orthu, é níos measa ná riamh. Chonaic Eibhlín cad a bhí ann, agus thiontaigh sí i leataobh, ag súil nach raibh sé feicthe ag Peig. Ach bhí Peig bán san aghaidh leis an scanradh.

Fear a bhí ann — nó iarsmaí fir. Bhí an craiceann tar éis lobhadh agus dathanna éagsúla air. Is é a bhí tanaí, chomh tanaí is go raibh na cnámha ag teacht tríd an gcraiceann. Mhothaigh Eibhlín an fuarallas ag briseadh ar a héadan agus samhnas ag teacht uirthi. Bhí na súile dúnta go teann ag Peig agus í i ngreim i ngúna a deirféar. Beagnach in éineacht, chaith siad beirt amach sna sceacha. Nuair a bhí gach rud curtha dá ngoile acu, chuir siad sna cosa ar ais chuig Micheál. D'aithin sé láithreach ar a ndreach go raibh uafás éigin feicthe acu.

"Cad é tá cearr, a chailíní?" ar seisean. "Nó cad é a tharla ar chor ar bith?"

Idir caoineadh is snaganna, d'inis siad a scéal dó.

"An créatúr bocht!" arsa Eibhlín. "Bás a fháil ar an uaigneas mar sin, gan greim le cur ina bhéal, i bhfad óna mhuintir is óna chairde."

"Ba chóir dúinn paidir a chur leis," arsa Micheál go ciúin. Bhris sé dhá chipín agus bhuail cúpla ribe fada féir thart orthu le cros a dhéanamh.

Shiúil an triúr acu ar ais i dtreo na muine.

"Níl mé ag iarraidh samhnas a theacht orm arís," arsa Peig, agus choinnigh sí cúpla coiscéim taobh thiar den bheirt eile. Stad siad nuair a bhí siad faoi chúpla slat den chorp. Sháigh Micheál an chros bheag gharbh sa talamh.

"Cén phaidir a déarfaimid?" ar seisean.

"An tÁr nAthair ab fhearr," arsa Eibhlín. Nuair a bhí sé ráite, ghuigh Eibhlín Dia a bheith trócaireach ar an duine bocht caillte seo.

Bhailigh siad a gcuid giuirléidí go beo, mar b'fhada leo go mbeidís glan ar an áit léanmhar sin, agus leis an tiomáint a bhí fúthu ní dhearna siad stad ná cónaí gur tháinig siad go dtí coill mhór fhairsing. Ba chosúil í le coill a bhí sa bhaile gar do Dhúinín, agus rith sé leo go raibh nach mór coicís ann ó d'fhág siad an baile. Bhuail taom cumha na páistí, agus d'éalaigh siad ón mbóthar isteach sa choill, mar nach mbeadh an saol ansin díreach chomh coimhthíoch acu. Bhí na crainn arda mar a bheidís ag scríobadh na spéire, bhí gach fuaim múchta agus brat bog spíonlaigh agus caonaigh faoina gcosa. Ní raibh ach beagán de sholas na gréine ag teacht trí na crainn, agus gan le cluinstin ach glór na gcolúr, ach ba é an íocshláinte ar a gcroí an ciúnas síochánta céanna.

Bhí súil acu i rith an ama ar an mbóthar tamall uathu,

agus choinnigh siad comhthreomhar leis. Mhothaigh siad níos sábháilte sa choill agus ghlac siad a suaimhneas. Ó am go chéile d'éiríodh ainmhí beag faiteach rompu, agus bhí glór íseal srutháin sléibhe le cluinstin i bhfad uathu. Dar leo, ní raibh an t-am ag dul thart ar chor ar bith san áit. Ba chuimhin leo mar a bhídís ag déanamh folach cruach sa choill sa bhaile, agus gan an rith féin iontu anois!

Shiúil siad leo ar feadh cúpla uair an chloig, ansin bhuail siad fúthu. Bhí Peig agus Micheál sáraithe amach. Chrom Peig ar chaoineadh agus gach aon chnead chráite léi. Níorbh fhéidir suaimhneas a chur inti. Chuach Eibhlín lena hucht í. D'aithin sí a éadroime a bhí Peig — níorbh í an phuirtleog bheag girsí í a thuil-leadh. Ar éigean má bhí clúdach na gcnámh sa chraiceann aici, agus na heasnacha ag teacht tríd. Lig Eibhlín a ceann le ceann a deirféar agus na deora móra ag rith léi go ciúin. Bhris mar a bheadh tonn mhór éadóchais thairsti. Dá dtiocfadh a máthair agus aire a thabhairt dóibh, nó a n-athair agus comhairle a chur orthu!

Bhí Micheál ag amharc orthu. Thuig sé an brón agus an cumha a bhí ar Eibhlín.

"Táimid le bás a fháil mar a fuair an chuid eile, nach bhfuil?" ar seisean de chogar. Bhí eagla air. Bhí oiread pleananna aige i gcónaí don am a bhí le teacht.

Chuaigh sé ar a nglúine taobh le hEibhlín agus Peig agus iad ag breith barróg ar a chéile. Bhí na deora leo go léir agus iad ag labhairt ar na rudaí is mó a bhí ag cur buartha orthu.

"Bhí fonn orm i gcónaí bheith ar an bhfoireann iománaíochta leis na buachaillí móra, agus marcaíocht a fhoghlaim lá éigin, agus feirm de mo chuid féin a bheith agam, b'fhéidir," arsa Micheál.

"Theastaigh uaimse culaith d'olann mhín a bheith agam, agus bóna lása air, agus cíora i mo chuid gruaige. Agus b'fhéidir nuair a bheinn níos sine go dtitfinn i ngrá agus go bpósfainn mar a rinne Mam agus leanaí de mo chuid féin a bheith agam," arsa Eibhlín go caointeach.

D'amharc siad beirt ar Pheig. Bhí sí suaimhnithe beagán faoin taca seo. "Ní iarrfainn ach bábóg dom féin, agus bheith ag dul ar scoil, b'fhéidir, agus thar aon rud eile, bheith cosúil le hEibhlín," ar sise de ghuth creathach.

D'fháisc Eibhlín chuici í, agus í báite faoin ngrá mill-teanach a bhí aici dá deirfiúr agus dá deartháir. Bhí a croí i riocht pléascadh le trua.

An chéad rud eile lig Peig gáire aisti. "Féach ar Mhicheál," ar sise. "Tá a aghaidh lán suóg agus tá a chuid súl chomh dearg!"

D'amharc Micheál ar na girseacha. Bhí a gcuid gruaige in aimhréidh, bhí smaois lena srón agus na súile dearg ón ngol. Tháinig mar a bheadh fail ann agus rinne sé gáire múchta. Chonaic Eibhlín greann an scéil, bhí sé chomh hamaideach sin, agus i gceann cúpla soicind bhí siad go léir ag scairteadh gáire agus ag séideadh a sróine.

"Nach sinn atá díchéillí," arsa Eibhlín. "Táimid beo i gcónaí. Tá tuirse agus ocras orainn, agus táimid linn féin, ach tá comhluadar a chéile againn, agus muid in ann siúl agus cnuasach a dhéanamh go fóill. Bainfimid Nóra agus Léan amach fiú má thógann sé mí orainn."

Bhí siad níos socaire ina n-aigne ó chuir siad an racht caointe sin díobh, agus d'éirigh dóchas ina gcroí arís go mbainfidís ceann cúrsa amach.

Bhí an cosán tríd an gcoill ag éirí beagán feasta agus chinn siad coinneáil leis go mbéarfadh an dorchadas orthu, agus an oíche a chaitheamh ansin sa choill, agus a fhios acu go mbeadh orthu aghaidh a thabhairt síos ar an mbóthar arís ar maidin.

* * *

Nuair a shroich siad an bóthar, ní raibh sé díreach chomh plódaithe, dar leo. Chuaigh dhá shochraid thart, agus tháinig beirt bhan gur choinnigh cos le hEibhlín. Bhí leanbh beag scallta le bean acu faoina seál. Thosaigh siad ar nuacht uile na tíre a insint d'Eibhlín.

"A chroí istigh, ar chuala tú riamh faoi bhaile darb

ainm Dún Barra? Ghlaoigh an seansagart bocht chuig ceithre theach ann, agus fuair sé na daoine go léir marbh den fhiabhras agus francaigh mhóra ag rith ar fud na háite. B'éigean poll adhlactha a oscailt míle taobh amuigh den bhaile lena raibh de choirp san áit a chur." Lean na mná orthu agus gach aon scéal acu níos scanrúla ná a chéile.Tháinig laige ar Eibhlín agus b'éigean di bualadh fúithi ar chnocán féir. Rith Micheál agus Peig anonn féachaint cad é a bhí cearr. Bhí eagla a n-anama ar na mná roimh an bhfiabhras, agus d'imigh siad leo go géar gasta agus ba ghearr gur cailleadh ó radharc iad. Ní inseodh Eibhlín don bheirt eile cad é a chuir an samhnas uirthi.

D'amharc siad uathu agus chonaic mar a bheadh dornán fear ag obair i bpáirc tamall maith ar shiúl. Bhí beirt fhear giota suas an bóthar i ndiaidh dul thar an gclaí cloiche ag déanamh ar an bpáirc chéanna. Lean na páistí iad. De réir mar a dhruid siad leis an bpáirc ba léir dóibh go raibh scata gioblachán ar a nglúine ar an talamh ag baint tornapaí óga. Rith siad chucu. Dúirt seanduine leo go raibh an feirmeoir ar leis an pháirc, baitsiléir, tar éis bás a fháil den fhiabhras an mhaidin sin féin, agus nár mhiste do dhaoine bochta bheith ag baint na dtornapaí dóibh féin. Scar na páistí ó chéile, agus thosaigh ag tochailt lena lámha sa chré bhog fhliuch, ag baint na dtornapaí beaga bána agus á gcur ina bpócaí.

Leag Eibhlín iad ceann ar cheann ansin i mála an bhia.
Bhí cuid de na créatúir bhochta ag ithe na dtornapaí a
luaithe a bhainfí iad, gan an chré a chroitheadh díobh i
gceart, go fiú. Ní raibh Eibhlín ag iarraidh breathnú
orthu. Faoi cheann leathuair an chloig bhí an pháirc
chomh glan ó thornapaí is dá mbeadh meitheal fear tar
éis a bheith ag obair ann. Scaip an slua ansin agus
d'imigh gach duine a bhealach féin.

Ar a laghad ar bith bhí mála an bhia teann arís, más
bia beithíoch féin a bhí ann. Choinnigh na páistí orthu
ag gearradh trí pháirceanna agus ag dreapadh thar
chlaíocha. Bhí na páirceanna céanna breac le nóiníní
agus le seamair, agus an t-aer ciúin beo le crónán na
mbeach. Bhí an ghrian ag spalpadh anuas agus ag sú
chuici uisce na talún. Shiúil siad leo cúpla míle eile
agus go tobann b'iúd os a gcomhair scáil na gréine ar
uisce. Loch a bhí ann, é ag síneadh fad a radhairc
uathu. Bhí giolcach ard chaol ag fás thart ar a imeall,
agus corrbhearna ann mar a raibh grean agus clocha an
ghrinnill le feiceáil tríd an uisce glé ag bhí ag lapadaíl
faoin mbruach.

Bhí oiread deifre ar na páistí gur chaith siad uathu a
gcuid giuirléidí gur rith díreach amach san uisce. A lei-
théid d'aoibhneas! Nár dheas an t-uisce fionnuar a
mhothú ar do chneas! Ba ghearr go raibh siad ag
caitheamh steallóg, agus ag bobáil agus ag líonadh a

mbéil le huisce agus á scairdeadh amach ar a chéile. Ar ball, tháinig siad isteach go bruach gur shín amach ar an bhféar faoin ngrian scalta. I gceann cúig nóiméad déag nó mar sin thug siad ruaig eile amach san uisce le fionnuarú a thabhairt dóibh féin. Amuigh i lár an locha bhí éanlaith fhiáin ag tumadh agus ag bobáil ar bharr an uisce.

Bhí Micheál ag breathnú ar na héin ag iascach. Dá mbeadh gléas iascaigh aige féin, ach ní raibh dorú ná slat aige, ná líontán féin. Choinnigh sé súil ar na scairbheacha agus ó am go chéile bhraith sé iasc ag scinneadh tríd an bhfiaile in aice na giolcaí nó ina luí go sámh faoi na duilleoga báite. Ach conas breith ar cheann acu?

Mhínigh sé d'Eibhlín cad é a bhí uaidh. Léim sise ar a cosa gur fholmhaigh an sacán salach a bhí mar mhála bia acu.

"Déanfaidh seo cúis, a Mhichíl," ar sise. "Bain triail as go bhfeice tú!"

Bhí a sháith amhrais ar Mhicheál, ach chuardaigh sé thart gur tháinig sé ar chrann sailí. Ghearr sé slat de leis an lann agus bhain na duilleoga di. Bhí an tslat éadrom, ach í láidir san am céanna. Sháigh sé trí pholl beag faoi bhéal an mhála í. Ansin shiúil sé amach sa loch agus d'ísligh an mála sa dóigh gur líon sé le huisce. Choinnigh sé ar a thaobh é.

Níor chuir Micheál cor de. Shnámh a dó nó a trí de bhric bheaga thairis go fiosrach, agus sa dheireadh chuaigh ceann acu isteach sa mhála féachaint cad a bhí ann. D'ardaigh Micheál an tslat agus an mála go beo, ach d'éalaigh an t-iasc air. B'éigean dó fanacht go nglanfadh an t-uisce sula dtabharfadh sé faoin gcleas céanna arís. Bhí sé uair an chloig ina sheasamh ansin sula ndeachaigh aon bhreac sa mhála arís. Tharraing Micheál an mála as an uisce. Bhí gach aon chor is léim ag an iasc ag iarraidh dul ar ais san uisce, ach chaith Micheál an mála isteach ar an mbruach. Chuaigh an t-iasc geal ag lúbarnaíl ar mire ar feadh nóiméid sular stiúg sé.

Chuaigh Micheál ag iascach arís láithreach bonn, agus faoi cheann fiche nóiméad bhí dhá iasc bheaga eile marbh ar an mbruach aige.

Bhí rud le hithe acu anois, ach ní raibh duine ar bith acu toilteanach iasc amh a chaitheamh.

"Tá tine uainn," arsa Peig, agus í lánchinnte go mbeadh a fhios ag an gcuid eile cad é a bhí le déanamh. D'amharc Eibhlín agus Micheál ar a chéile, ach ní raibh a fhios acu.

"Is cuimhin liom Páid ag rá liom go bhfaca sé a athair ag adhaint tine agus dhá ghiota breochloiche a chuimilt le chéile," arsa Micheál.

"Agus an mbeadh a fhios agatsa conas é a dhéanamh?" arsa Eibhlín.

Chuaigh Micheál ag cuardach thart gur tháinig sé ar dhá chloch a dhéanfadh an gnó, dar leis. Rinne na girseacha carn spreasán agus cipíní, agus thosaigh Micheál ar na clocha a chuimilt le chéile, agus ansin ar iad a bhualadh in éadan a chéile. Faoi cheann deich nóiméad bhí pian ina lámha agus shín sé na clocha chuig Eibhlín. Chuirfeadh sé olc ort. Ba léir dóibh na crithreacha á gcaitheamh de na clocha, ach ba chuma cad a dhéanfaidís ní lasfadh an brosna. Bhí Eibhlín díreach ar tí na clocha a chaitheamh uaithi le déistin nuair a loisc crithir acu a méar agus d'aithin sí go raibh na cipíní tar éis tine a thógáil faoi dheireadh agus iad ag deargadh. Shéid sí an tine go faichilleach, ag iarraidh lasair a chur inti. Go tobann, mar a bheadh Dia ag éisteacht lei, léim na bladhmanna in airde.

"Bhí a fhios agam go n-éireodh libh," arsa Peig.

Rug Micheál ar an lann scine gur bhain na cloigne de na héisc. Scoilt sé iad síos ina lár agus bhain na putóga astu. Ansin nigh sé sa loch iad.

Faoi cheann leathuair an chloig bhí beochán deas tine acu. Bhí Peig i ndiaidh teacht ar leac bhreá chloiche agus leag Micheál le taobh na tine í. Thosaigh na lasracha ag lí thart uirthi. Leagadh na héisc ar an leac á mbruith leis an teas. Chroch Eibhlín an pota os cionn na tine agus chuir beagán uisce ann agus tuairim is sé cinn de na tornapaí beaga agus iad gearrtha mion. D'éirigh boladh breá cócaireachta ar an aer agus dúirt na páistí paidir ina gcroí ag guí nach raibh duine ar bith thart a bhainfeadh a gcuid díobh. Dar leo nár bhlais siad greim riamh a bhí leath chomh blasta. Bhí blas beag deataithe ar an iasc agus bhí na tornapaí bog milis — sáith rí de bhéile — agus bhí uisce fuar ón gcanna le hól acu. Bhí siad deas seascair an oíche sin ag dul a chodladh dóibh, agus a mbolg teann. Ba bhreá leo fanacht cúpla lá eile san áit aoibhinn sin, ach dar le hEibhlín gurbh fhearr dóibh bheith ag cur sa siúl arís.

Caibidil 9

Na Madraí

Lá arna mhárach bhí an ghrian ag spalpadh anuas arís. Bhí an talamh stolptha tirim, agus chaith Micheál canna uisce ar an luaithreach lena chinntiú go raibh an tine as. Réitigh Eibhlín an mála bia, agus d'fhill fuíoll an éisc i nduilleog mhór. B'iontach an lá chun taistil é. Ghearr siad trí ghort seagail, agus bhain oiread de na diasa agus ab fhéidir ag dul thart dóibh. Ansin bhog siad in airde arís go raibh siad comhthreomhar leis an mbóthar tuaithe.

I gceann tamaill d'airigh na páistí an tafann giota uathu. É ag druidim níos cóngaraí. As eireaball a súile chonaic Eibhlín na madraí ag breith suas orthu aniar. Sé cinn acu a bhí ann, agus cuma fhiánta i gceart orthu.

Sípéir mór dubh a bhí chun tosaigh orthu, agus bhí dhá shípéir eile ann, agus trí mhadra ghearra. Bhí a gcuid fionnaidh uilig ina chéas salach, saothar anála orthu, agus a mbéal ar leathadh. Bhí siad lom go maith sna cnámha, agus an chlaimhe ar chúpla ceann acu. Ach ba iad na súile a chuir an scanradh ar Eibhlín. Bhí scéin bhuile iontu.

"B'fhearr gan aon chor tobann a chur dínn," arsa Eibhlín de chogar, "ach siúl linn go réidh. Níl maith a bheith ag rith."

Bhí faitíos a n-anama ar lán an triúir acu. Dhruid na madraí leo, agus an chéad rud eile bhí péire de na sípéirí in imeall na gcos acu. Sheas na páistí mar a bheidís greamaithe den talamh, agus eagla orthu anáil a ligean go fiú. Bhí na súile dúnta go teann ag Peig. Bhí srón an tsípéara mhóir lena ceathrú faoin taca seo. Chuaigh sí ar aon bharr amháin creatha. Bhí na fiacla scafa ag an madra agus gach re dorr íseal as a bhráid. Chuir péire de na madraí gearra scaimh orthu agus thosaigh ag dorraíl mar an gcéanna.

Ní thiocfadh le Peig é a sheasamh níos mó. Scaoil sí chun reatha, ach i bhfaiteadh na súl bhí an sípéir ar a chosa deiridh chuici. Bhrúigh sí uaithi é, ach chuir sé na fiacla go domhain ina sciathán agus thosaigh ag croitheadh an sciatháin anonn is anall mar a bheadh sé ag iarraidh é a shracadh amach ón ngualainn. Lig Peig míle scread aisti le pian.

Sheas Eibhlín ansin ina stangaire ag breathnú. Oiread is gíog ní bhfuair sí a chur aisti. Bhí na madraí eile ag dul i ndánacht agus iad ag teannadh isteach. Chlis Eibhlín nuair a thosaigh Micheál ag caitheamh cloch leis na madraí. Chuaigh sí féin ag béicíl leo agus ag radadh cloch le sípéir óg agus le maistín de mhadra gearr leathchluasach. Baineadh glam astu le pian. Bhí Micheál ag tóraíocht ar mire anois faoin gclaí. Rug Eibhlín ar chúl muiníl ar an sípéir mearaithe a bhí i ngreim i bPeig ag iarraidh é a bhogadh di, ach ní raibh maith ann. Bhí Peig i riocht titim faoi seo le tuirse agus le meáchan an mhadra uirthi. Soicind amháin eile agus bhí sí ar lár aige. Bhí ceann de na madraí gearra ag snapadh ar shála Eibhlín gur tháinig an fhuil léi.

An chéad rud eile chonaic Eibhlín Micheál ag teacht de rúid le smután de chraobh crainn. Tharraing sé buille ar an sípéir, ach ba dhóigh leat nár mhothaigh an madra é, bhí sé chomh mearaithe sin. Leag Micheál air leis an mbata sa chloigeann. Bhí na súile dúnta ag Peig faoin taca seo agus í tite siar ar a sála. Choinnigh Micheál air ag bualadh an mhadra. Sa deireadh chuir sé uaill as le pian agus bhog a ghreim ar an sciathán. Buille amháin eile ó Mhicheál agus bhí an madra sínte marbh ar an mbóthar.

Rith Eibhlín chuig Peig. Bhí an ghirseach bheag liath

san aghaidh. Bhí sí chomh croite sin nach dtiocfadh na deora féin léi.

"A Dhia dhílis! Tá tú i gceart, a chroí — tá sé marbh. Agus tá an chuid eile acu ar shiúl. Tá tú slán, a Pheig. Tá na drochmhadraí ar shiúl." Ní raibh Eibhlín cinnte an do Pheig nó di féin a bhí sí ag tabhairt misnigh.

Bhí Micheál ina sheasamh ar thaobh an bhóthair, a cheann crom aige agus é ag cur a chroí aníos i ndiaidh a bhfuair sé de scanradh.

Tharraing Eibhlín an canna uisce chuici. Chuir sí le béal Pheig é agus thug uirthi braon beag a ól a chuirfeadh brí ar ais inti. Ansin dhoirt sí uisce ar an sciathán idir rosta agus uillinn leis an bhfuil agus an tseile a ghlanadh de. Bhí lorg na bhfiacla go domhain sa sciathán agus an fhuil ag scairdeadh as an áit ar baineadh stiall den chraiceann de. Mar a tharla, bhí na ceirteacha ag Eibhlín go fóill a chuir sí ar chois Mhichíl an uair úd, agus iad nite scallta tirim aici ó shin. Fuair sí ungadh Cháit Mhór agus chuimil beagán de go héadrom leis an sciathán nimhneach, agus chuir ceirt thart air. Bhí anáil Pheig níos réidhe anois, agus a dath féin ag teacht uirthi arís. Ghlan Eibhlín na gortuithe ar a sála féin agus chuir smearadh den ungadh orthu.

Bhí Micheál ina shuí ar an gclaí cloiche agus a cheann idir a lámha aige. Bhí dlaoi dá ghruaig dhubh chatach greamaithe dá éadan leis an allas. Chuaigh

Eibhlín anonn chuige agus rug barróg air.

"Ní maith liom aon rud a mharú, a Eibhlín," ar seisean go híseal.

"Tá a fhios agam, a Mhichíl, ach shábháil tú Peig. Agus ar scor ar bith, nach fearr an créatúr bocht mearaithe sin a bheith marbh," ar sise.

"Is dócha é," arsa Micheál, faoi mar nach mbeadh sé cinnte.

Bhí Peig fós croite, scanraithe, ach i gceann uair an chloig bhí sí réidh le cur chun bealaigh. Dá leanfaidís an bóthar seo bheidís i mBaile Uí Chairbre faoi mhaidin.

Cois Cuain

"Breathnaigh, a Mhichíl! An bhfeiceann tú?" Bhí Eibhlín ina seasamh ar chlaí ag pointeáil i dtreo na farraige.

Idir sceacha na bhfálta bhí spléachadh acu ar an ngorm lonrach agus stríoca bána tríd. Bhí boladh an tsáile ar an aer. Bhí an ghrian ag spalpadh anuas as spéir ghlan ghorm. Níor tháinig scamall ná gaoth le roinnt laethanta lena neart a bhaint di.

Bhí na páistí báite le hallas faoin am a shroich siad Baile Uí Chairbre. Is minic a labhair a n-athair leo ar an gcalafort gnóthach seo agus ar a chabhlach iascaigh. Bhí na sráideanna plódaithe. B'fhéidir gur lá aonaigh a bhí ann! Bhí na sluaite gioblachán ar na sráideanna ag iarraidh déirce, ach bhí gnáthghnó an bhaile ag dul ar aghaidh chomh maith. Chuaigh a dó nó a trí de chóistí thar bráid agus iad lán daoine. Bhí dornán beag daoine taobh amuigh de shiopa ceannaí. Is beag rian den ghanntanas a bhí ar an áit. Bhí mná uaisle agus cailíní ag bualadh isteach chuig an éadaitheoir, a raibh fuinneog an tsiopa aige gléasta le cornaí cadáis agus le ribíní, agus boinéid gheala mhaisithe ar taispeáint ar chrochadáin ann. Síos lána leathan taobh thiar de na siopaí bhí tréad eallaigh agus tuairim is fiche caora ar ceant. Rith Micheál síos an lána gur shiúil tríothu. Bhí sé dochreidte.

An chéad rud eile d'éirigh an racán sa chearnóg mhór nuair a chonacthas an scuaine de chúig chairt ag teacht agus siúl mall fúthu. Bhí díoscán as a gcuid adhmaidí ag an ualach trom a bhí orthu. Málaí lán arbhair a bhí orthu! Nocht seisear saighdiúirí mar a thitfidís ón spéir agus ghlac a n-ionad ar gach taobh den scuaine agus í ag streachailt ar aghaidh.

Shílfeá gur mhéadaigh ar líon na mbacach agus eile ar an tsráid agus iad ag teacht le chéile ina n-aon mholl amháin. Slogadh na páistí sa slua. Lucht ocrais ar fad a bhí ann, dream cloíte croíbhriste a bhí i ndiaidh gach a raibh sa saol acu a chailleadh. Bhog na cairteacha leo trí na sráideanna, na capaill ag seitreach le neirbhís agus na gíománaigh ag monabhar faoina n-anáil. Chas siad ón gcearnóg mhór isteach i dtaobhshráid a raibh fána réidh síos léi. Lean an slua tostach iad, iad ag brú agus ag guailleáil a chéile. Sciorr ceann de na capaill, ach fuair sé a bhoinn arís in am. Bhí greim docht ag Peig ar láimh Eibhlín, mar bhraith sí go mbeadh drochobair éigin ann roimh i bhfad.

Baineadh an anáil de na páistí nuair a shroich siad bun na sráide agus go bhfaca siad an calafort leata amach os a gcomhair. Bhí dhá bhád buailte suas leis an gcé, iad ag bogadach go réidh ar an uisce. Bhí stóras mór ar thaobh amháin, agus fir ag rolladh ceaigeanna agus bairillí as lena gcur ar na báid. Rinne a dó nó a trí d'fhir mhóra urrúnta ar na cairteacha agus thosaigh ar na málaí a bhaint anuas díobh. D'imigh monabhar tríd an slua a bhí ina seasamh anois thart ar imeall an uisce.

Bhí seanduine crom craplaithe a chruinnigh a mhisneach agus a labhair amach. "Cá bhfuil an t-arbhar sin le seoladh?" ar seisean.

"Go Sasana," arsa duine de na fir go giorraisc.

Chroith an seanduine a cheann ó thaobh go taobh go brónach. Thosaigh an monabhar cainte ag an slua, agus na cairteacha á bhfolmhú i rith an ama. Ba ghearr go raibh péire acu folamh agus tugadh chun siúil iad.

Tháinig fear ard rua chun tosaigh as an slua. Fear mórchnámhach a bhí ann, ach bhí na féitheacha tar éis meath air agus is beag má bhí neart ar bith fágtha ann.

"Cuirigí uaibh an amaidí seo," ar seisean de bhéic.

"Nó an dall atá sibh! Nach bhfeiceann sibh na daoine ag fáil bháis den ocras thart oraibh?"

Níor thug duine ar bith freagra air. Lean na fir orthu ag obair, agus dhlúthaigh na saighdiúirí isteach le chéile. Bhí cairt eile folamh faoin taca seo.

"Táimid ag fáil bháis den ghorta. Tá ocras orainn!" a scairt an fear rua arís, agus é ag iarraidh cúl a choinneáil ar na deora. Ar an bpointe bhí fiche fear eile leis ar an bhfocal sin agus ansin bhí siad uilig ar aon ghuth ag scairteadh "Tá ocras orainn!"

Thug ceannaire na saighdiúirí coiscéim chun tosaigh. "Scaipigí!" ar seisean. "Ní theastaíonn aon achrann uaim. Tá na hearraí seo díolta agus a luach íoctha."

"Éireannaigh muid, agus tá ár gcuid bia á chur chun siúil," arsa an fear rua. "Bia a d'fhás i gcré na hÉireann ag dul i mbolg na Sasanach, agus ár mbolg féin folamh i rith an ama agus ár muintir faoi ghorta agus iad ag fáil bháis. Ní chuirfimid suas leis!"

Thug sé céim chun tosaigh le breith ar cheann de na málaí ach bhuail fear de na saighdiúirí buille air a d'fhág sínte ar an talamh é. Lig an slua och astu le huafás.

An chéad rud eile — níor thuig Eibhlín conas go díreach a tharla sé — bhí cúpla cnámharlach d'fhir óga in airde ar na cairteacha agus na málaí scoilte acu. Ina shreabh thanaí chaol a tháinig an t-arbhar ar dtús ach ba ghearr go raibh sé ag scairdeadh amach go tiubh ar chlocha duirlinge na sráide. Bhí na saighdiúirí ag iarraidh na capaill a tharraingt isteach sa stóras agus cuid den slua a thiomáint siar san am céanna. Thóg na páistí an t-arbhar ina mhámanna gur bhuail síos ina bpócaí é, agus isteach sa mhála bia, chomh tapa lena bhfaca tú riamh, agus ansin bhain siad as an méid a bhí ina gcorp, gan fanacht le féachaint cad a tharlódh. Bhí daoine ag rith ar fud na háite agus ag scaipeadh soir siar.

"Cad a dhéanfaimid, a Eibhlín?" arsa Micheál. "Ní maith liom an áit seo, tá sé róchontúirteach. B'fhearr dúinn a bheith ag glanadh linn."

D'aontaigh na girseacha leis, agus thug siad a n-aghaidh amach as an mbaile. Ní fada a bhí siad imithe nuair a casadh dóibh feirmeoir agus é ag seoladh caorach. Thug sé súil amhrasach orthu.

"Mura miste leat, a dhuine chóir," arsa Micheál, "An bhfuil tú eolach ar Chaisleán an tSagairt, nó an bhfuilimid ar an mbóthar ceart?"

Stad an feirmeoir gur bhain lán na súl astu. Bhí cuma fhiáin i gceart orthu, ach ní raibh iontu ach páistí, iad mórán ar aon aois lena mhuirín féin sa bhaile.

"Bhuel, tá sibh ar an mbóthar ceart. Leanaigí oraibh cúpla míle eile ar bhóthar seo an chósta — beidh sibh ar radharc na farraige i rith an ama — ansin thart ar an sliabh agus trasna na tíre go dtiocfaidh sibh go bóthar mór eile, agus tabharfaidh sin ann sibh. Tá sé giota maith as seo. Féadann sibh an t-eolas a chur de réir mar a théann sibh ar aghaidh." Bhí sé díreach ag imeacht nuair a stop sé gur tharraing as a phóca builín beag aráin agus ailp mhór cháise. "Seo dhuit!" a scairt sé agus chaith sé chuig Micheál é. Rug Micheál air díreach in am.

Sheas na páistí ansin ina stangairí. Ar éigean a chreid siad é. B'fhéidir go dtiontódh Dia an t-ádh leo feasta. Bhí gráinnín arbhair acu, agus cúpla tornapa, agus greim aráin agus cáise, agus gan iad chomh fada sin ó cheann cúrsa.

Dhreap siad thar chlaí cloiche. Bhí páirc d'fhéar gorm ag claonadh síos go dtí an fharraige, nach mór. Ní raibh na páistí cois farraige riamh cheana, agus theastaigh uathu dul síos chuici. Shiúil siad ina treo tríd an bhféar fada. Ach bhí mealladh súl orthu, mar is amhlaidh a bhí íochtar na páirce crochta amach thar aill rite ghéar agus na tonnta ag lapadaíl lena bun thíos. Tharraing na páistí lán a scamhóg d'aer glan na farraige, a raibh blas agus boladh an tsáile air, dar leo. Níor shamhail siad riamh a leithéid d'fhairsinge. An spéir leagtha anuas ar imeall na farraige. I bhfad i bhfad amach bhraith siad mar a bheadh dúradán dubh ann — bád, is dócha.

Fuair siad áit mhaith suí dóibh féin lena scíth a ligean, agus le bheith ag breathnú ar na faoileáin ag snámh ar an aer agus ag fáinneáil thart sula dtéidís as radharc faoin aill. Bhí na cailleacha dubha ag bualadh faoin uisce agus ag teacht aníos arís le hiasc. Ní raibh puth as aer. Roinn Micheál an t-arán agus an cháis. Bhí sé chomh fada sin ó bhlais siad arán úr. Ba chuimhin le hEibhlín a máthair bheith á dhéanamh — bhíodh an boladh ar fud an tí agus ní ligfeadh na páistí dó fuarú fiú amháin ach é a alpadh siar ar an bpointe. Tháinig oiread cumha uirthi i ndiaidh an bhaile san áit choimhthíoch sin gur lig sí uirthi bheith ag amharc amach chun farraige le nach bhfeicfeadh an bheirt eile na deora ina súile. Ansin scar siad amach pluid agus luigh siar, agus le ceol bog na dtonnta thíos uathu ba ghearr gur cealgadh a chodladh iad.

Nuair a mhúscail siad shlog siad cúpla béalóg d'aer na farraige sular thug siad a n-aghaidh suas an pháirc arís agus amach ar an mbóthar mór smúitiúil.

Caibidil 11

Siúl Oíche

 Mhair an triomach. Bhí an ghrian ag spalpadh anuas go tíoránta. Faoi mheán lae théadh na páistí ar scáth crainn lena scíth a ligean go ceann trí huaire nó mar sin. Bhí an bóthar stolptha crua agus é i riocht na boinn a loscadh acu. Bhí meantáin ghorma agus gealbhain bheaga ag bíogaíl sa deannach ag iarraidh uisce. Bhí gach sruthán is díog i ndísc, agus canna uisce na bpáistí folamh. Ba é feall an scéil go raibh radharc acu fós ar an bhfarraige ghorm ag tonnaíl i bhfad uathu, mar a bheadh sí ag magadh fúthu. Ach chuala siad riamh dá n-ólfá uisce na farraige go rachfá as do mheabhair. Thosaigh siad ag cogaint féir agus ag piocadh sméara glasa de na driseacha ag iarraidh sú. Bhí siad ag diúl gais — rud ar bith lena dtart a chosc. Bhí na beola acu tirim, scoilte, loiscthe. Ba mheasa é seo ná an t-ocras.

Baineadh stad astu nuair a chuaigh siad thar choradh

sa bhóthar agus go bhfaca siad an dreach a bhí ar an tír rompu. Fad a n-amhairc uathu bhí an uile rud dóite ina smól. Bhí dual beag deataigh fós ag éirí san aer thall is abhus. Oiread is ribe féir ní raibh le feiceáil.

Ghearr na páistí fíor na croise orthu féin. Bhí boladh géar an deataigh ag baint na hanála díobh. Cheangail siad ceirteacha thart ar a mbéal is ar a srón.

"Caithfidh sé gur las duine éigin tine agus nár múchadh i gceart í," arsa Micheál. "Agus leis an triomach atá déanta aige, is dócha gur rith sí ar fud na háite."

Dúil bheo ní raibh ag corraí san fhásach seo, éan ná feithid ná beach ná ainmhí. Bhí ciúnas millteanach ann. Scriosadh is lomadh talamh a mbíodh aiteann is fraoch is féar go tiubh ann.

"An bhfuilimid in Ifreann?" arsa Peig, agus cuma imníoch ar a haghaidh bheag tharraingthe.

"Nílimid ar chor ar bith," arsa Eibhlín, "ach díreach in áit a loisceadh. Téanam orainn as seo chomh tapa agus is féidir."

De réir mar a bhog siad ar aghaidh bhí a dhath féin ag teacht ar an talamh timpeall agus na páirceanna lán de spící d'fhéar fada feoite. Bhí bóín Dé ar a bois ag Peig agus í ag caint os íseal léi. Chuimhnigh Eibhlín ansin ar a óige a bhí a deirfiúr bheag, gan í mórán thar na seacht mbliana, agus í chomh misniúil. Níorbh fhiú stad a dhéanamh go fóill ach teannadh rompu ag dúil go dtiocfaidís ar uisce. Sa deireadh tháinig siad ar dhíog. Bhí fiaile thiubh agus driseacha ag fás thart uirthi a rinne scáth di ar neart na gréine. Chuaigh siad ar a ghlúine sa láib stolptha. Thíos i mbun na díge bhí dath donn dorcha ar an gcré go fóill agus gan í iompaithe liath. Ní rachadh an t-uisce isteach sa channa dóibh, nó bhí an díog ró-éadomhain, agus chuaigh siad ar a seal ag tógáil boiseoga den uisce donn agus á ól siar. Bhí an salachar á shlogadh acu chomh maith. Níor bhain an t-ól céanna an tart díobh ach b'fhéidir go ndéanfadh sé maitheas dóibh. Bhí siad marbh tuirseach agus shuigh siad síos faoi chrann mór feá.

"Cad a dhéanfaimid?" arsa Eibhlín, agus í ag smaoineamh os ard.

Bhí néal beag ar Pheig cheana féin agus níor chuala sí í. Bhí na súile ag druidim ar Mhicheál chomh maith ach fuair sé uaidh féin a rá, "Nárbh fhearr siúl a dhéanamh san oíche agus go luath ar maidin nuair a bhíonn sé fionnuar?"

Bhí ciall dóibh ansin. Bhí Eibhlín ar buile léi féin nár chuimhnigh níos túisce air mar sheift. Siod é díreach an rud a dhéanfaidís.

Bhí dreach eile ar fad ar an tír san oíche. Ar an dea-uair dóibh, ní raibh scamall sa spéir agus bhí solas na gealaí acu. Lag tuirseach is mar a bhí siad, chonacthas dóibh gurbh fhéidir siúl i bhfad níos faide gan sos a thógáil. Bhí siosarnach agus foilsceadh sna claíocha agus iad ag dul thar bráid, agus bhog Peig isteach le hEibhlín agus Micheál, ar eagla go léimfeadh rud éigin aisteach amach uirthi. Bhí go leor le feiceáil agus le cluinstin. Baineadh léim astu aon uair a chluinfidís scréach ag ulchabhán agus é ag réiteach chun seilge, nó fuaim mharbh a chuid sciathán agus é ag tuirlingt de rúid ar a chreach. Bhí sealgairí uile na hoíche ar a gcois, iad ag caochadh le hiontas ar na páistí sula n-éalóidís isteach faoin scáil.

Uair amháin chonaic siad broc mór liath ag smúrthacht thart, agus níor tharraing duine ar bith acu anáil ar eagla go scanróidís é. Tuairim is dhá mhíle níos faide ar aghaidh tháinig siad ar shionnach baineann agus a coileáin ag spraoi taobh amuigh den phluais, iad ag léim is ag snapadh ar a chéile. Shiúil na páistí thart gan torann a dhéanamh.

Faoin gcéad oíche eile bhí siad as radharc na farraige ar fad agus iad ag druidim le bun an tsléibhe. Ar a laghad ar bith bhí siad ar an mbealach ceart, agus dá gcoinneoidís ar an imeacht céanna bheidís i gCaisleán an tSagairt faoi cheann cúpla lá, agus b'fhéidir go mbuailfidís le duine muinteartha leo a thabharfadh aire dóibh, agus dídean.

Bhí an lá ina dhiaidh sin meirbh marbhánta. Bhí

spalladh triomaigh ina mbéal is ina scornach agus ba dhoiligh dóibh a n-anáil a fháil. Ní raibh corraí as aon rud timpeall orthu. Na héin féin, ní raibh gíog ná giolcadh astu a thuilleadh. Bhí sé an-aisteach. Ní raibh dada ag bogadh dá bhfaca siadsan ach corrfhéileacán ag damhsa go leisciúil thart ar thom bláthanna. Bhí siad díreach á réiteach féin chun siúil an oíche sin nuair a chuala siad an torann bodhar i bhfad uathu. Scanraigh siad agus d'fhan mar a raibh siad agus na pluideanna tarraingthe aníos tharstu.

Caibidil 12

An Stoirm Thoirní

Bhí an torann ag dul i dtreise agus é ag druidim níos cóngaraí i rith an ama. D'imíodh splanc ghorm tríd an spéir liathdhearg, ansin phléascadh an spéir féin ina bhúiríl tholl. Ní fhaca siad stoirm thoirní chomh dona seo riamh. Bhí na splancacha ag dul i bhfad is i leithead go raibh siad ag síneadh ó mhullach an tsléibhe go dtí na páirceanna thíos.

Bhí na páistí scanraithe ina mbeatha. Arbh é deireadh an domhain é? Ghlaoigh siad os ard ar Dhia iad a shábháil.

Bhí Peig ag geonaíl mar a bheadh coileán ann, agus í soiprithe isteach idir an bheirt eile, agus a cloigeannn go domhain faoi na héadaí. Bhí Eibhlín ag iarraidh gan a bheith ag crith agus guaim a chur ar a heagla.

Lasadh an spéir gach re nóiméad agus na tintreacha ag teacht go tiubh ina dtimpeall. Bhí glór ag an toirneach a bhodhródh thú. Shílfeá go raibh na scamaill mhóra ag tuairteáil le chéile agus iad ag troid. Ní fhaca siad agus níor chuala siad a leithéid lena mbeo. Ó am go ham bhíodh sos beag ann, ach ansin thagadh plimp mhór eile agus thosaíodh an gleo go léir as an nua.

Shuaimhnigh Micheál beagán agus thosaigh ag déanamh grinn faoi dhá fhathach mhóra a bheith ag troid agus ag marú a chéile thuas i dtír os cionn na scamall.

"Sin buille trom duit!" a scairteadh sé le linn na toirní, agus "Buailfidh mé leis an gclaíomh thú!" nuair a lasadh na splancacha.

Mhair an gleo ar feadh na n-uaireanta, agus go fiú Peig nár chuir sí giota leis an scéal anois is arís, ach ar chuntar ar bith ní sháfadh sí a ceann amach féachaint cad é a bhí ag tarlú.

Ansin i dtobainne, mhaolaigh an toirneach agus chuaigh an tormán in éag, bíodh go raibh glóraíl bhodhar le cluinstin go fóill i bhfad uathu.

Mhothaigh Eibhlín braon beag fearthainne ag titim ar a srón, agus an dara braon, agus go tobann thit an tóin as an spéir. Dhoirt an fhearthainn anuas ina díle, agus i gceann cúpla soicind bhí siad fliuch go craiceann. Bhí na braonta ag teacht chomh dian sin gur thóg siad greadfach ar a gcraiceann, mar a bheadh scaoth feithidí ag cur ga iontu. Bhí obair acu a n-anáil a fháil. D'oscail siad a mbéal gur lig na braonta síos ina scornach. Bhog an talamh crua agus an deannach faoina gcois agus níorbh fhada go raibh sé ina phludar.

Ba dhóigh leat go raibh an uile dhúil bheo, dá chloíte iad, ag síneadh i dtreo an fhliuchrais agus ag ól chucu an uisce a bhí ag teastáil chomh géar sin uathu. Bhí an bheatha á hathnuachan. Líonfadh aibhneacha agus srutháin na tíre gan mhoill.

Chaith Micheál an phluid de agus thosaigh ag damhsa le háthas i solas geal na maidine, é ag stealladh láibe air féin agus an fhearthainn á ní de arís. Ba ghearr go raibh na cannaí uisce lán.

Stad an fhearthainn i gceann cúpla uair an chloig. Bhí an ghrian ar an aer, ach gan í chomh géar garg is a bhí le tamall. Thiocfadh leo taisteal de lá arís.

Caibidil 13

Fiabhras ar Pheig

Bhí an scéal ag dul ó thuiscint ar Eibhlín. Bhí an dá lá roimhe sin ar fheabhas — a sáith le hól acu, agus mám arbhair an duine acu le cogaint. D'aimsigh sí féin tomóg de shútha talún móra súmhara, agus roinnt cnónna beaga coill. Ach bhí míchéadfa éigin ar Pheig i rith an ama, í ag geonaíl agus ag titim chun deiridh. Thóg Eibhlín agus Micheál orthu ar a seal breith ar sciathán uirthi agus í a shracadh ar aghaidh, ach bhí sí i gcónaí ag iarraidh suí agus sos a ghlacadh. Bhí ocras uirthi, agus í caite tuirseach, ach nach raibh an galar céanna orthu uilig.

Uair nó dhó bhuail Eibhlín sceilp sa tóin uirthi, le barr mífhoighne. Thuig sí níos fearr anois dá máthair agus páistí dalba faoina cosa. Ach bhriseadh an gol ar Pheig gach uair agus bhuaileadh sí fúithi. Rinne Eibhlín iarracht guaim a choinneáil uirthi féin agus í ag cuimhneamh ar mhaitheasaí Pheig. Bhí Micheál ag spochadh aisti ar fad. Sin an leigheas a bhí aigesean ar an gcrostacht. Bhí siad imithe thart le bun an tsléibhe, agus nuair a bheadh giota eile den tír curtha díobh acu bheidís ar an mbóthar go Caisleán an tSagairt — agus ag druidim le bun a gcúrsa. Scaoil Eibhlín lena samhlaíocht agus í ag brionglóideach faoi chastáil arís le Mam agus Daid agus iad ar ais sa seanbhothán agus na comharsana go léir ag fáiltiú rompu agus …

"A Eibhlín, a Eibhlín! Tar anseo go beo. Tá rud éigin ar Pheig," arsa Micheál in ard a ghutha.

Chlis Eibhlín as a brionglóid agus siar léi de rith tríd an bhféar garbh.

"Cad é tá ar an bpáiste sin anois?" ar sise léi féin go feargach. "Is dócha go bhfuil sí ina suí arís ag glacadh sos beag eile …" Cheap sí í féin. Bhí Peig ina luí ar an talamh, na súile dúnta aici agus saothar anála uirthi. Sheas an bheirt acu lena taobh.

"A Pheig! A Pheig!"

Ní raibh cor as Peig.

"Ó, a Dhia, cad é seo ar chor ar bith?" arsa Eibhlín agus í ag dul ar a glúine. Chuir sí a lámh le héadan Pheig. Bhí teas ann. Bhí beirfean ceart ina craiceann, ina guaillí, ina cosa, i ngach aon bhall di. Lasadh fiabhrais a bhí uirthi.

Rith Micheál ar aghaidh ag lorg áit foscaidh di. Bhí sceach mhór ina seasamh i lár fhéar fada garbh na páirce. Cúpla slat uaithi, le himeall na páirce, bhí roinnt tor beag dlúth ag fás. Bhí foscadh agus dídean maith san áit. D'fhill Micheál ar Eibhlín. Ní thiocfadh leo bogadh a bhaint as Peig. Leag siad pluid ar an talamh agus d'iompaigh í go faichilleach ar a taobh uirthi, ansin chuir siad lámh an duine sa phluid gur streachail leo í a fhad leis an sceach.

Níor léir go raibh mothú ar bith ag Peig ar an méid a bhí ag titim amach thart uirthi. Shocraigh Eibhlín í agus leag an phluid eile anuas uirthi. Chonacthas d'Eibhlín go raibh cuid mhór den mhilleán uirthi féin. Ba chóir di a aithint go raibh caitheamh éigin ar Pheig. Nach í féin ba shine agus ba chríonna acu — "an mháthair bheag" go deimhin!

"An dóigh leat, a Eibhlín, gur fiabhras atá uirthi?" arsa Micheál. "Nó rud éigin a thóg sí ón madra a bhain an greim as a sciathán?"

Chroith Eibhlín a ceann. "Níl a fhios agam, a Mhichíl. Ach cé bith rud é tá sí ar lasadh leis agus í an-tinn. Caithfidh go raibh sé ag teacht uirthi le cúpla lá."

Leis sin chuimhnigh sí ar leigheas Cháit Mhór. Fuair sí an próca agus mheasc cuid den phúdar le huisce.

D'ardaigh sí Peig rud beag agus chuir cúpla braon siar ina béal uirthi. Chuaigh Peig ag spriúchadh fad a bhí an deoch ag dul ina craos, ansin ba dhóigh leat gur thit sí siar ina tromchodladh arís.

"Ar chóir dúinn tine a dhéanamh?" arsa Micheál, agus é ag iarraidh maitheas éigin a dhéanamh. Chuaigh sé ag cuardach giotaí breochloiche agus bhailigh le chéile cibé cipíní agus caonach a bhí faoina láimh. B'fhearr leis a bheith ag obair. Ní bheadh am aige ansin bheith ag machnamh agus á chrá féin.

Bhí Eibhlín ag breathnú air. Thug sé uair an chloig ag iarraidh crithir a bhaint as na clocha a lasfadh an tine, ach ní raibh maith dó ann. Thug Eibhlín cúpla iarracht faoi í féin.

"Éirímis as, a Mhichíl," arsa Eibhlín. "Féadfaimid tabhairt faoi arís ar ball." D'fhliuch Eibhlín ceirt éadaigh gur chuir le héadan teasaí Pheig í. Bhí a folt donn dorcha ar maos le hallas, agus í ag casadh agus ag únfairt. Ghlaoigh sí ar a máthair cúpla uair, de ghuth íseal.

"Éist, a stóirín. Éist." Sin a bhfuair Eibhlín uaithi a rá.

An lá sin ar fad, agus an oíche sin, shuigh Eibhlín le Peig, í ag slíocadh a cuid gruaige agus ag breith ar láimh uirthi, nó ag tabhairt deoch leighis di agus ag iarraidh í a fhionnuarú. D'imigh Micheál ar thóir neantóg agus fréamhacha agus luibheanna a mheascfaidís ar

uisce fuar agus brat éadrom a dhéanamh. Leis an oíche
tháinig codladh ar Mhicheál, ach ní ligfeadh Eibhlín
néal uirthi féin. Bhí an ghirseach bheag ag iompú is ag
únfairt agus ag screadadh le pian ó am go ham. Rinne sí
tromluí ar na madraí mire uair, í ag scairteadh "Madra!
An madra!" agus scéin ina cuid súl. Ansin thit sí dá
tromchodladh arís. Thuig Eibhlín nach raibh a fhios ag
Peig cá raibh sí ná cé a bhí léi. Agus dá siúlfadh an
fiabhras ar an gcuid eile acu? Cé a thabharfadh aire di
féin dá mbuailfí breoite í? Bhí a cloigeann i riocht pléas-
cadh leis an imní. D'fhéach Eibhlín craiceann Pheig arís
is arís eile. Bhí teas tintrí ann i gcónaí agus gan maolú ar
bith ag teacht air, de réir cosúlachta. Ach ní raibh aon
rian den bhuí ann, agus ba mhaith an comhartha é sin.
Bhí luisne ina craiceann ón teocht, agus dath an róis ina
dhá grua.

Nuair a tháinig míogarnach uirthi, smaoinigh Eibhlín
ar a máthair agus ar Bhríd, agus an babaí in ucht a
máthar. An amhlaidh a bhí a máthair i ndiaidh an
leanbh a leanúint go flaitheas Dé? Chuir Eibhlín guí
suas óna croí. "Ná lig bás Pheig … ná bain díom mo
dheirfiúr bheag … coinnigh slán í … go dtuga Dia go
bhfaighe sí biseach."

Thit néal uirthi, agus nuair a mhúscail sí bhí maidin
bheag thais ann. Bhí a sciatháin agus a droim righin,
nimhneach. Bhí codladh trom ar Pheig i gcónaí, agus a

hanáil ag teacht go hard, tapa.

D'imigh Eibhlín cúpla slat ar siúl lena gnó a dhéanamh. Ansin rug sí ar an gcanna uisce gur bhain slogóg as. Chaith sí fuíoll an uisce ar a haghaidh agus ar a droim le hí féin a mhúscailt i gceart. Chuirfeadh sí Micheál faoi coinne canna eile nuair a d'éireodh sé. Dá mbeadh tine acu! Thóg sí na breochlocha agus chuaigh a bhaint crithreacha astu go mífhoighneach. Nár thit crithir acu ar dhos de chaonach tirim gur chuir ag dó é! Bhí a croí ina béal aici agus í ag socrú cúpla cipín sa lasóg. Bhí taise iontu i ndiaidh na hoíche agus chuaigh siad a spriúchadh ach sa deireadh las siad. Ba mhór an só dóibh an tine bheag.

Chonacthas d'Eibhlín agus do Mhicheál araon gur beag maitheas a bhí siad a dhéanamh. Ní mór go deimhin a thiocfadh leo a dhéanamh ach suí in aice le Peig. Chuardaigh Micheál gach áit thart ag lorg rud le hithe a mbeadh cothú ann, ach bhí fuar aige. Ceanna bláthanna, ribí féir, duilleoga — caitheadh gach sórt isteach sa phota in éineacht le gráinnín arbhair, ach ba bheag an mhaith iad leis an ngoin ocrais ina mbolg a chloí. Bhí na súile scafa ag Micheál i rith an ama féachaint an bhfeicfeadh sé coinín nó giorria, ach dheamhan ceann a tháinig faoina radharc. Bhí an scéal go bocht. Ba ghearr go mbeidís beirt rólag le siúl a dhéanamh. Bheadh orthu seift a dhéanamh.

D'imigh Micheál agus gnúis dhaingean air agus níor fhill go raibh an mhaidin caite. Bhí ainmhí éigin ar ais leis, é nochta agus glanta, ach is beag feoil a bhí air. Cuireadh ag bruith le dosán neantóg é agus is é a chuirfeadh gráin ort. Bhí samhnas ag teacht ar Eibhlín agus í á chur ina goile le mífhonn mór, agus ba é a dícheall gan é a sceitheadh amach ar ball.

An tráthnóna sin agus cloigeann Pheig ina glúin aici, ní thiocfadh le hEibhlín gan bheith ag smaoineamh ar an saol a bheadh acu dá rachaidís go teach na mbocht le Tomás Ó Dálaigh agus an dream eile ón mbaile. Ní bheadh tinneas ar Pheig, agus seans go mbeadh babhla brat agus canta aráin sa lá acu. Arbh fhéidir go ndearna sí an rogha chontráilte, agus a mbeo uilig a chur i gcontúirt leis? Bhí an-lagmhisneach go deo uirthi. B'fhéidir go bhfaighidís dul go teach na mbocht go fóill. Chaithfeadh sé go raibh ceann ar na gaobhair áit éigin. Ba chóir go mbeadh cabhair le fáil ansin. Chuaigh an smaoineamh faoina haigne. Ní thiocfadh léise Peig a fhágáil, ach Micheál — d'fhéadfadh Micheál dul ann, agus b'fhéidir go dtiocfadh duine éigin a chuideodh leo le Peig.

Micheál ar Thóir Cabhrach

D'imigh Micheál leis trasna na bpáirceanna. Bhí go leor brosna bailithe aige leis an tine a choinneáil ag imeacht. Bhí faitíos agus uaigneas air agus é leis féin, ach thuig sé go gcaithfeadh Eibhlín fanacht ag Peig. Chuach Eibhlín chuici é sular imigh sé, agus nuair a bhí sé giota ar shiúl d'amharc sé thart den uair dheireanach, agus gan fhios aige an bhfeicfeadh sé a bheirt deirfiúracha go deo arís. Bhí barúil mhaith aige den bhealach, agus é i ndóchas go gcasfaí duine éigin leis a dhéanfadh an t-eolas dó go teach na mbocht.

Shiúil sé leis breis is uair go leith gan Críostaí an bhéil bheo a fheiceáil, nó gur tháinig sé go bun cabhsa is go bhfaca an dual deataigh ag éirí as seanbhothán a bhí ann. Rinne sé ar an doras agus bhuail cúpla cnag trom air. Níor fhreagair aon duine é. Chuimhnigh sé ar an gcleas a d'imir sé féin nuair a bhí siad ina n-aonar sa teach agus iad scanraithe.

"Níl mé ag iarraidh dul isteach, ná bíodh eagla ort. Eolas an bhealaigh atá uaim. An bhfuil mé in aon ghar do Chaisleán an tSagairt?"

Níor tháinig freagra ar bith, agus chuir sé an cheist arís.

D'fhreagair an guth lag é. "Tá siúl dhá lá nó trí go maith ann. Siúl fada ar chosa laga."

"Agus an bhfuil teach na mbocht ar bith ar na gaobhair?" arsa Micheál.

Rinne an seanduine istigh moill sular labhair sé. "Chuala mé go bhfuil teach na mbocht ar obair anois mar a mbíodh an muileann ag muintir Laoire. Tá sé tuairim is leath lae as seo. Coinnigh ort ar an mbóthar mór agus cas i leataobh nuair a thiocfas tú a fhad le droichead ar shruthán, tiontaigh ar dheis ansin agus tá sé os do chomhair amach." Chuir sé breis bheag leis an eolas. "Ach ó mo thaobh féin de, b'fhearr liom go mór bás a fháil ar mo leaba féin ná i measc strainséirí."

"Tá mé an-bhuíoch díot," arsa Micheál agus é ag bogadh chun siúil.

"Go soirbhí Dia dhuit, a gharsúin," arsa an seanduine, "agus go gcumhdaí sé thú ar an uile olc."

Bhí an-trua ag Micheál don seanduine a bhí leis féin agus gan duine sa saol aige a thabharfadh aire dó.

Shiúil sé roimhe. Tháinig meadhrán ina cheann cúpla uair agus b'éigean dó suí síos lena anáil a fháil leis. Chuala sé glór an tsrutháin ach ní raibh sé ar a radharc go fóill. Ansin d'aithin sé giota roimhe an crosaire agus dronn an droichid. Bhí beirt bhan ina luí ar an talamh in aice leis an droichead. Bhí an bheirt acu chomh lag sin nár thug siad faoi deara an buachaill ag dul thar bráid.

B'iontach an radharc a bhí roimhe nuair a tháinig sé a fhad leis an seanmhuileann. Bhí na sluaite daoine ansin ag fanacht, iad ina gcodladh ar na clocha duirlinge. Ní raibh iontu dul níos faide. Bhí líon tí le chéile thall is abhus, gan orthu ach na bratóga nó seanphluideanna anuas orthu, ach iad buíoch gan a bheith ina n-aonar. D'éirigh an t-olagón agus an t-éagaoineadh síoraí ón bhfoirgneamh istigh, agus bhí boladh an ghalair leata ar an aer timpeall. Bhí cuid de na daoine ag guí os ard.

Tháinig bean rialta faoi iomlán culaithirte amach doras beag adhmaid. "Tá an áit seo lán," a d'fhógair sí go hard. "Níl slí againn d'fhear, bhean ná pháiste, agus níl bia le spáráil ach oiread. B'fhéidir faoi amárach, ach muid a bheith réitithe leis an méid a bheas tar éis bháis d'fhiabhras nó de ghalar, go mbeidh slí againn do bheagán beag agaibh."

Chuaigh monabhar tríd an slua, agus chrom na mná ar

bheith ag gol is ag béicíl. Ní raibh áit ar bith eile acu le dul, agus cárbh fhearr áit dá bhfaighidís bás ná seo. Ar a laghad ar bith bhí seans ann go léifí paidir os a gcionn.

Chuir Micheál sna cosa ag imeacht — agus gan a fhios aige cá bhfuair sé an fuinneamh chuige — síos thar an droichead agus ar ais an bealach ar tháinig sé. Bhí sruth deor leis. Mhothaigh sé an phian ina chliabhrach agus d'aithin sé go raibh a chroí briste ina dhá chuid ina lár agus é scartha go deo le saol an linbh. Mhoilligh sé beagán, mar bhí bealach fada anróiteach roimhe. Ní raibh Dia ar bith ann, nó má bhí, ní raibh ann ach tíoránach.

* * *

Bhí Eibhlín ag faire ar Pheig i rith an ama. Bhí sí ag únfairt agus ag geonaíl agus ag glaoch ar a máthair ar fad. Chuir Eibhlín tuilleadh den leigheas siar uirthi, agus thug sí faoi deara go raibh an próca ionann is folamh. Bhí sí féin i ndeireadh a nirt. Ní bheadh tairbhe do Pheig in aon rud dá ndéarfadh sí ná dá ndéanfadh sí feasta. D'fháisc sí chuici í agus thug póg dá srón bheag agus dá gruanna breicneacha. Bhí mothú níos fuaire ina craiceann. Ní dheachaigh leathuair thart go raibh Peig préachta ar fad. Leag Eibhlín an dara pluid anuas uirthi, ach fós féin bhí sí ag cur creathanna fuachta di agus a fiacla ag greadadh ar a chéile.

Chuaigh Eibhlín faoin bpluid léi, ag iarraidh teas a choinneáil léi. Bhí an lá féin deas grianmhar agus gan ach aer beag gaoithe ann. Theann Eibhlín chuici í. Ní raibh toirt linbh inti. Chuimil Eibhlín gach aon bhall di, ag iarraidh na rití fuachta a chosc.

"Tá mé anseo, a Pheig. Tá mé anseo," a deireadh sí go híseal, agus gan a fhios aici ar chuala a deirfiúr bheag focal uaithi.

Faoi dheireadh tháinig maolú ar an gcreathnú agus ar an díoscán fiacla. Bhí cuid den teannas imithe as corp Pheig, agus a hanáil ag teacht níos réidhe. Chodail sí léi idir lámha Eibhlín agus a cloigeann ar a hucht.

D'amharc Eibhlín in airde ar an sceach gheal. Bhí na craobhacha troma ag luascadh go bog sa ghaoth, agus an spéir ghorm le feiceáil eatarthu. Dar léi go bhfaca sí lon dubh thuas os a cionn, mar a bheadh sé i bhfolach sa duilliúr glas. Bhí codladh ar a súile, agus an chéad rud eile bhí sí ina cnap.

* * *

Shiúil Micheál leis go réidh. Cén deifir a bheadh air agus gan dada ar ais leis? Chuaigh sé thar chlaí íseal cloiche. Bhí boladh creamha san áit agus chuardaigh sé thart go bhfuair sé dosán de agus gur bhuail síos ina phóca é. Claí amháin eile agus páirc amháin eile agus bheadh sé slán sábháilte ar ais ag na girseacha.

Leis sin d'airigh Micheál mar a bheadh géim bó ann. Is amhlaidh a bhí bó ag iarraidh dul thar chlaí nuair a chuaigh dhá chois léi i bhfostú sna sceacha. Bhí na dealga go domhain ina craiceann donnbhallach. B'fhuath le Micheál ainmhí a fheiceáil i bpian, agus shíl sé i dtosach an bhó a fhuascailt. Breis is míle siar, chuaigh sé thar pháirc a raibh tuairim is fiche bó inti, agus thug sé faoi deara go raibh an t-aoire ina chodladh ar an talamh. Caithfidh sé gur bhó ón tréad sin í agus gur bhain seachrán di. Bhuail smaoineamh é. Thug sé do na boinn é láithreach agus rinne as an méid a bhí ina chorp.

"A Eibhlín! A Eibhlín! Éirigh i do shuí go beo. Tar uait, níl am le cailleadh againn," arsa Micheál in ard a ghutha.

Bhain Eibhlín searradh aisti féin. Bhí Peig ag srannadh go suaimhneach. Leag sí cloigeann Pheig uaithi go réidh ar an bpluid. Chuimil sí na súile. Bhí an ghrian ag dul faoi. Bhí sé ag éirí dorcha. Caithfidh gur thug sí cúpla uair an chloig ina codladh.

"A Eibhlín! Tar uait, a deirim. Níl againn ach caolseans. Beir leat an lann scine agus canna an uisce." Bhí sé cheana féin ina rith siar trí fhiaile is fhéar.

Chaith Eibhlín dornán cipíní ar an tine a bhí i ngeall le bheith as, rug léi an lann agus an canna agus lean Micheál.

Caibidil 15

An Bhó

"Fan, a Mhichíl! Cad é tá ort, nó cá bhfuilimid ag dul?" a scairt Eibhlín.

Chas sé thart agus rinne comhartha léi bheith ciúin. Nóiméad eile agus bhí sí treoraithe aige go dtí an claí mar a raibh an bhó, agus í fós gafa.

Bhí mearbhall beag ar Eibhlín. Ní hamhlaidh a bheadh sé ag iarraidh an bhó a mharú. Bhuail sí bos go héadrom ar a prompa. D'amharc an bhó thart go truacánta, agus iarracht den eagla ina súile móra taise donna.

"An ndéanfá coimhéad nóiméad?" arsa Micheál.

Chaith sí súil thart ach níor léir di dada ag bogadh. "Cad é tá tú ag dul a dhéanamh?" ar sise de shioscadh.

"Fuil a bhaint aisti," arsa Micheál.

"Cad a deir tú?" arsa Eibhlín. "Ach níl a fhios agat an dóigh lena dhéanamh, a Mhichíl."

"Nach minic a d'inis m'athair dom faoin dóigh a ndéanadh sé féin agus a athair cuisleoireacht ar eallach an tiarna talún fadó, sular mheath na prátaí. Gabh i leith agus tabhair lámh chúnta dom."

Bhí sé ag déanamh bánaí leis an mbó agus ag cuimilt a láimhe dá muineál ag lorg cuisle. Dúirt a athair leis uair dá ngearrfaí an chuisle mhór trí dhearmad go stiúgfadh an bhó i gcúpla nóiméad lena gcaillfeadh sí d'fhuil. Bhraith sé roimhe nó go bhfuair sé cuisle dhóchúil. Shín Eibhlín an lann chuige. Rinne sé gearradh sa mheill bhog faoin muineál, ach ní raibh maith ann. Ghearr sé níos doimhne, agus tháinig a dó nó a trí de dheora fola. Lig an bhó géim aisti agus thiontaigh na súile ina ceann le heagla.

"Teith, teith, a lao," arsa Eibhlín go bladrach, ag cuimilt boise uirthi agus ag iarraidh í a shuaimhniú. Bhí Micheál san am seo ag fáscadh lena mhéara ar an ngearradh. Tháinig an fhuil ina sreabh thanaí ar dtús ach ba ghearr go raibh sí ag teacht ina scairdeanna go talamh. Cheap Eibhlín sa channa í. Bhí an sruth fola mar a bheadh sé ag dul i dtreise i rith an ama, agus níorbh fhada go raibh taoscán maith sa channa. Dúirt Micheál le hEibhlín ansin a méar a bhrú ar an gcuisle leis an bhfuil a chosc, agus chuaigh sé féin a mheascadh cré agus ribí féir agus seile ar a chéile le taos a dhéanamh lena chur ar an ngearradh. Bhí deich nóiméad ann sular stad an rith fola agus gan ach cúpla braon beag ag teacht tríd. Bhí an bhó trí chéile. Chuir na páistí chun oibre gur réitigh siad í as driseacha is sceacha agus gur tharraing as an gclaí í. Sheol siad ar ais í ansin go dtí an pháirc. Bhí a fhios ag Micheál gur ghearr go mbeadh an t-aoire ag teacht á tóraíocht.

Agus díreach mar a cheap sé, ní dheachaigh cúig nóiméad thart gur chuala siad an t-aoire óg ag glaoch ar an mbó. Siúd is go raibh siad giota maith ar shiúl, bhí faitíos a gcroí orthu agus luigh siad fúthu san fhéar fada, ag súil go raibh folach a ndóthain orthu. Choinnigh Eibhlín greim docht ar an gcanna, mar is air a bhí siad ag brath. Cor ná car níor chuir siad díobh go ceann fiche nóiméad, agus ansin bhain siad Peig amach arís chomh tiubh agus a bhí iontu.

Bhí Peig ina suan codlata ar fad. Agus bhí an gnáththeas ar ais ina craiceann, beagnach.

"Bhuel, a Mhichíl, cén scéal agat faoi theach na mbocht? An bhfuil sé i bhfad as seo? An mbeidh cúnamh ar fáil do Pheig?" Bhí na ceisteanna ag teacht ina sruth ó Eibhlín.

Ní raibh a fhios ag Micheál conas ab fhearr ceann a bhaint den scéal. Chrom sé a chloigeann, sa dóigh nach mbeadh air amharc san aghaidh uirthi.

"Tá cúrsaí go dona ar fad," ar seisean de chogar. Chuaigh Eibhlín ar a glúine taobh leis agus leag lámh ar a sciathán.

"Tá teach na mbocht cúpla uair an chloig ar shiúl," ar seisean arís. "Ní éireodh linn í a iompar an fad sin, agus dá n-éireodh féin, ní bheadh gar ann." Stad sé nóiméad. "A Eibhlín, bhí sé uafásach. Chluinfeá an gol is an gheonaíl i bhfad síos an bóthar — agus an boladh! Áit ghalair é. Agus na daoine ina suí taobh amuigh, ag fanacht le leaba chun bás a fháil. Is geall le corpáin iad, gan ann ach go bhfuil an dé iontu. Agus i dtaca le bia de, níl a leithéid ann — don diabhal pioc! Níl áit ar bith againn le dul. Tá Caisleán an tSagairt a dó nó a trí de laethanta uainn go fóill. Táimid rólag. Níl sé indéanta againn. Tá mo cheann ag dul thart. B'fhéidir gur chóir dúinn luí síos anseo agus fanacht?"

"Cad é faoin gcanna? Tá an méid sin againn. Agus tá maitheas ann," arsa Eibhlín go himpíoch. "Cuirfidh sé spriolladh éigin ionainn."

D'éirigh sí ina seasamh, chuir chuici an canna agus líon amach oiread den fhuil is a chlúdaigh tóin an phota. Dá mbeadh beagán mine nó eile acu le cur leis. Bhí corrghráinnín arbhair agus dornán crotal ar íochtar an mhála, agus chaith sí sin isteach leis. Shín Micheál dos creamha chuici, gan focal a rá. Chuir sí cuid de sa phota agus choinnigh an meascán os cionn na tine, mar a raibh an teas íseal. Bhí sí cúramach agus gan ligean don mheascán dó agus é ag tiúchan agus ag táthú ina chíste dorcha, dúdhonn. Roinn sí é agus thug an roinn ba mhó do Mhicheál.

Bhí blas aisteach, láidir air. Thosaigh sí ag baint liomóg as a cuid féin agus á shlogadh go tapa, mar bhí sé rud beag briosc. Chuir sí giota i leataobh do Pheig, ar eagla na heagla. Bhí an bheirt acu sáraithe amach agus thug siad an tráthnóna ag glacadh a scíthe. Thit Micheál ina chodladh, agus lig sé béic as uair amháin mar a bheadh tromluí air.

Ansin, gan aon choinne sa saol leis, d'oscail Peig a súile.

"A Eibhlín, faigh deoch bheag uisce dom. Tá tart millteanach orm."

Níor thuig sí cad chuige a mbeadh Eibhlín ag ligean na ngártha áthais agus ag tabhairt gach ainm muirneach ab fhearr ná a chéile uirthi. D'ól an ghirseach lán canna d'uisce. Bhí a haghaidh ar dhath an tsneachta agus a súile mar a bheadh dhá pholl mhóra dhonna ann agus bogha dubh fúthu. Chuach Eibhlín lena hucht í agus mhúch le póga í. Bhí an fiabhras imithe. Gheobhadh sí biseach anois. Chroch Eibhlín suas cuid de na hamhráin ab ansa le Peig, agus dúirt léi arís agus arís gur scoth girsí a bhí inti.

Bhí an dubhiontas ar Mhicheál nuair a mhúscail sé am eadra arna mhárach agus Peig a fheiceáil ina suí agus a droim le stoc fiartha na sceiche. Chaoch sé súil léi, agus rith trasna na páirce gur fhill le lán glaice de bhláthanna di. Ba bhreá leis an ngirseach bheag mar a bhíothas ag déanamh a mhór di. Bhí creathán inti agus í an-lag, ach gan cuimhne ar bith aici ar chomh tinn is a bhí sí. Thug Eibhlín di an greim císte fola ó aréir. Dhéanfadh sí tuilleadh tráthnóna. I gceann tamaill bhig thit a codladh ar Pheig arís.

D'aithin Eibhlín agus Micheál go gcaithfidís féin agus Peig a neart a chruinniú don bhealach a bhí rompu. Ní raibh an dara rogha ann.

Thug siad an chéad dá lá eile ag déanamh cnuasaigh. B'éigean dóibh an tine a choinneáil ag imeacht chomh maith. Bhí deireadh na fola caite. Chuaigh Micheál ag seilg oíche agus d'éirigh leis francach agus gráinneog a fháil. Is beag locht a bhí acu a thuilleadh ar an gcineál sin bia, mar thuig siad gur chuma riamh fad is a choinneoidís greim ar an mbeatha. Bhí flúirse neantóg ann, agus ní raibh caor leathaibí féin thart nár phioc siad.

Faoi dheireadh bhí Peig ar a boinn arís. An tríú lá thug Eibhlín agus Micheál í a fhad leis an sruthán. Shuigh sí ar charraig a bhí ann agus rinne Eibhlín í a fholcadh. Tháinig mar a bheadh drithlíní ar a craiceann agus mhothaigh an ghirseach bheag go raibh an rian deireanach den tinneas sruthlaithe chun siúil.

Faoi mheán lae bhí an ghaoth ag géarú. Bhí gruaim ar an lá agus scamaill mhóra ag rith trasna na spéire ag ceilt na gréine.

"An gcuirfimid chun bealaigh?" arsa Eibhlín. "An dóigh leat go bhfuil tú in ann aige fós, a Pheig?"

Bhí an dath ag teacht ar ais ar aghaidh bhán na girsí.

"Teastaíonn uaim dul chomh fada leis an haintíní, iad siúd a rinne an císte gleoite do Mham," arsa Peig.

Bhailigh siad a gcuid giuirléidí agus chroith dornán créafóige ar an tine. Bhí fearthainn air agus b'fhearr bheith ag imeacht feasta.

Caibidil 16

Caisleán an tSagairt

"Cá hiontas go mbíonn na mná uaisle ag imeacht i gcóistí," arsa Eibhlín léi féin. "Ceird daoine bochta í an choisíocht!" Bhí an siúl chomh fada. Ag siúl ar aon chéim le Peig a bhí sí, agus níorbh fhéidir an ghirseach bheag a bhrostú ná a bhrú an iomarca. Bhí a gceann crom acu, gan aon chomhrá ar siúl, ach iad go léir ag meabhrú dóibh féin.

Chuaigh siad thar páirc bó, agus rinne Eibhlín agus Micheál miongháire nuair a chuimhnigh siad ar an mbó a tharla in áit na garaíochta dóibh féin, agus gan fhios an aithneodh sí arís iad. Thaispeáin Micheál dóibh an áit ar thiontaigh sé féin ar clé ar an mbealach go teach na mbocht.

Bhí siad ag déanamh rompu go socair réidh, ag coinneáil leis an mbóthar mór agus ag stopadh minic go leor lena n-anáil a tharraingt.

Tharla iad uair ina suí le balla ard eastáit. Ba gheall le daingean cosanta é, agus tailte is gairdíní is garráin aeracha an tí mhóir istigh ina chompal. Bhí an teach féin faoina chuid céimeanna leathana cloiche agus na gairdíní faoina gcuid ceapóg agus dealbh uilig ceilte ar shúile na coitiantachta. Bhí aire Pheig go léir ar scuaine seangán a bhí ag siúl rompu go diongbháilte agus ag imeacht as radharc trí pholl beag sa seanbhalla.

"Féachaigí cad é tá taobh thiar den bhalla!" a scairt sí leis an mbeirt eile. Ach níor thug siad aird ar bith uirthi. "Féach, a Eibhlín! Tá úlla acu, agus toir lán de gach sórt caor."

Rith Eibhlín anall gur bhreathnaigh isteach tríd an bpoll. Baineadh an anáil di le hiontas. Ach bhí an balla ró-ard — é tuairim is fiche troigh ar airde, agus sin d'aon ghnó le daoine a choinneáil amach. Shiúil Micheál thart ar thosach an bhalla féachaint an mbeadh claon leis in áit ar bith, nó géag crainn ag cromadh anuas thairis.

Leis sin thosaigh Peig ag preabadach le háthas. D'aimsigh sí spota sa bhalla a bhí lán scoilteanna. Bhí féar fada faoina bhun, agus eidheann ag fás air suas go barr. Shrac Peig an t-eidheann de agus b'iúd bearna bheag mar a raibh cúpla cloch tar éis sceitheadh leis an aimsir. Ach bhí sí róchúng, mar bhearna.

"Beidh mise in ann dul isteach," arsa Peig go

mórtasach. "Tar éis an tsaoil, is mé is lú ar fad!"

Bhí a fhios ag Eibhlín gur goid a bheadh ann, ach níorbh é an gnáthshaol a bhí ann. Shín sí mála an bhia chuig Peig, agus is é a bhí éadrom.

"In ainm Dé, a Pheig," arsa Eibhlín go sollúnta, "agus tar amach láithreach má chluineann tú a dhath ar bith." Ní dhearna Peig ach a cloigeann a chlaonadh agus éalú isteach tríd an eidheann.

Bhog Eibhlín níos faide suas an balla ag iarraidh breathnú isteach trí scoilt bheag a bhí ann. Ní raibh Peig le feiceáil ar chor ar bith. B'fhada léi a bhí a deirfiúr bheag istigh ansin. Bhí Micheál ag siúl suas síos go himníoch taobh amuigh. An chéad rud eile, bhí cloigeann donn Pheig ag gobadh amach tríd an eidheann, agus í ag síneadh an mhála amach chuig Micheál. Bhí an mála céanna teann go maith. Chrom sí isteach arís agus nuair a nocht sí i gceann nóiméid bhí lán glaice de bhláthanna móra léi, idir fheileastraim fhada ildaite agus rósanna piaine faoina gcuid peiteal dearg snasta. Ba é dícheall Eibhlín an gáire a bhrú fúithi.

Shiúil siad ceathrú míle nó mar sin síos an bóthar, chuaigh thar dhreapa sa chlaí agus shuigh síos ag ithe, iad ceilte ón mbóthar ag tom driseacha.

"Ó a Eibhlín," arsa Peig go tnúthánach, "dá bhfeicfeá an áit! Bhí caora agus torthaí de gach cineál ann." Agus go deimhin bhí an mála lán go snaidhm leis an uile shórt — spíonáin, sútha craobh, agus sútha talún móra millteacha, mar aon le roinnt úll a séideadh den chrann, iad fós crua, glas. "Bhí suíochán beag bán ann, agus lochán, agus rud i lár baill a raibh uisce ag scairdeadh as a bhéal, agus go leor iasc beag ag snámh thart air. Dhéanfainn iarracht ceann acu a cheapadh, ach bhí siad róbheag agus dath sórt órga uilig orthu. Bhí balla mór eile istigh agus geata bán ina lár, ach bhí sin faoi ghlas, agus nuair a d'amharc mé tríd an ngeata bhí cuibhreann mór ann faoi ghlasraí uilig — cabáiste is cóilis, cairéid is oinniúin, agus an dúrud arbhair agus mearóg. Ó dá mbeadh an geata céanna ar oscailt!"

"Rinne tú obair iontach, a stóirín," arsa Eibhlín, á misniú, agus iad go léir ag baint lán glaice de chaora as an mála agus á bpulcadh ina mbéal. Nach iad a bhí milis, súmhar! Ní scarfadh Peig leis an triopall bláthanna, ach í ag brath iad a thabhairt do na haintíní.

An mhaidin dár gcionn bhí pianta ina ngoile, agus b'éigean dóibh triail a bhaint as leigheas Cháit Mhór.

Chuaigh sagart thart i gcarr beag agus capall á tharraingt. D'fhiafraigh siad de an raibh sé i bhfad eile go Caisleán an tSagairt. Chuir sé a chiarsúr thar a bhéal nuair a thiontaigh sé le freagra a thabhairt orthu. Bheidís ann faoi a sé a chlog, a dúirt sé, agus leis sin bhain sé croitheadh as na srianta agus as go brách leis, sa treo céanna, gan síob a thairiscint dóibh ná a dhath.

Thosaigh Peig ag caoineadh. "Ní bhainfimid amach go deo é. Tá sé rófhada ar shiúl, agus tá pianta i mo chosa."

Chrom Eibhlín ar bheith ag cuimilt na gcolpaí ag Peig. "B'fhéidir gur pianta fáis atá ort, a chroí, anois agus tú ag éirí aníos i do ghearrchaile mór," ar sise, ag iarraidh misneach a chur inti. Thairg Micheál an triopall bláthanna a iompar di.

Ba gheall le deich gcéim gach aon chéim dá raibh siad a thabhairt feasta, agus iad ag tarraingt le barr tola, déarfá, ar an mbaile mór. Le titim na hoíche a bhain siad amach é. Faoi dheireadh is faoi dheoidh bhí siad i gCaisleán an tSagairt! Leath an béal ar Pheig le hiontas agus rinne Micheál iarracht siúl go díreach ceannard bródúil.

"Féach na tithe móra! Féach na siopaí!" a scairt Peig agus í ag díriú a méar i ngach treo baill.

Bíodh go raibh a gcnámha tuirseach agus iad sáraithe amach, agus an dorchadas ag teacht, bhí sciatháin áthais ar a gcroí.

"Cá bhfuil an siopa? Cá bhfuil na haintíní?" arsa Peig gach re nóiméad le hEibhlín.

Dar le hEibhlín, ba gheall le brionglóid é a thiocfadh isteach fíor. Tháinig aoibh ar a haghaidh. D'éirigh léi; d'éirigh léi an triúr acu a thabhairt slán sábháilte go ceann cúrsa. Má bhí siad lag féin, bhí siad i gCaisleán an tSagairt. Shiúil siad rompu tríd an mbaile.

Bhailigh duine nó dhó tharstu gan féachaint san aghaidh orthu, mar a bheadh faitíos orthu go rachfaí ag iarraidh déirce orthu. Bhí an áit faoi chiúnas agus na sráideanna beagnach folamh. Bhí dornán fear ina suí taobh istigh de dhoras an dá thábhairne ag súimíneacht ar leann.

Bhí foirgneamh ard bán ar an taobh clé den tsráid. Bhí céimeanna móra suas go dtí é agus fir agus mná ag comhrá le chéile thart ar na doirse. Bhí radharc isteach ar sheomra mór a bhí á shoilsiú ag coinnleoir craobhach agus boird feistithe ann faoi choinne dinnéir.

Bhí saighdiúir a mhoilligh ar a choiscéim nuair a chonaic sé na páistí. Bhuail sé anall chucu. "Hóigh, a smuilcíní, glanaigí amach ón óstán! Ní theastaíonn bacaigh bhóthair ar bith uainn sa bhaile seo. Nó cén gnó atá agaibh anseo?"

Dhearg Eibhlín leis an náire nuair a chuimhnigh sí ar an droch-chuma a bhí orthu. "Ar thóir aintíní dúinn atáimid," ar sise. "Tá siopa acu ar an mbaile seo."

D'amharc an saighdiúir orthu mar nach gcreidfeadh sé iad. "Agus cén cineál siopa a bheadh i gceist ansin?" ar seisean.

"Siopa a bhfuil cístí agus toirtíní agus pióga ann," arsa Peig go diongbháilte, dá guth leanbaí.

Chuir sin an saighdiúir ag tochas a chinn, ach sa

deireadh threoraigh sé iad isteach i dtaobhshráid.

Ar éigean a chreid Eibhlín é — bhí siad ann faoi dheireadh. Bhí a croí ina cliabh ag preabadach. Síos an tsráid leo, thar thithe a bhí ag oscailt díreach amach ar an tsráid. Dúirt an saighdiúir gur doras gorm is bán a bhí ar an siopa, agus fuinneog mhór leathan ghorm faoi chomhlaí bána. D'aimsigh siad faoi dheireadh é! Bhí na dallóga tarraingthe. Chnag na páistí go héadrom ar an doras ach níor tháinig aon duine. D'ardaigh siad an boschrann — ní raibh duine ar bith istigh. B'fhéidir go raibh na haintíní imithe amach? D'éalaigh siad síos cúlsráid agus shín amach a chodladh.

Thabharfaidís faoi arís ar maidin.

Ceann Scríbe

Glórtha an bhaile mhóir a mhúscail na páistí. Bhain siad searradh astu féin. Bhí gach cnámh ina gcorp tuirseach tnáite. Scuab Eibhlín an deannach agus an salachar dá gcuid éadaigh, an méid a d'fhéad sí. Istigh ina lár bhí an dóchas láidir agus a croí éadrom. Siod é an lá a raibh an tnúth go léir leis. Bhí leo. B'iúd iad i gceartlár Chaisleán an tSagairt, an baile a mbíodh an oiread cainte ag Mam air.

Ba ghairid an siúl orthu é ar ais go dtí an siopa. Bhí na siopadóirí cheana féin ag leagan amach a gcuid earraí ar na seastáin. Bhí fear an tsiopa crua-earraí amuigh agus buicéid agus potaí agus friochtáin agus crúiscíní á gcrochadh aige as crúcaí práis ar aghaidh an tsiopa. Bhí sluaistí agus iarainn tine ina gcarn in aice an dorais. Bhí Peig chomh tógtha leis an ngnó go léir gur bhuail sí faoi charn de channaí spréite glasa gur chuir ag eitilt iad ar fud an bhaill.

Tháinig cíocras ceart ar na páistí ag siopa an cheannaí lóin agus iad ag féachaint go hiontach ar a raibh de bhia ann. Bhí málaí plúir agus mine ina luí faoin gcuntar. Bhí spólaí feola de chineálacha éagsúla ar crochadh as an tsíleáil. Bhí seilf bhán ann a bhí lán de phrócaí milseán. Bhí fear an tsiopa ag cuimilt uibheacha úra nua-bheirthe agus á leagan i gciseán, agus a bhean ag tomhas tae ina mhálaí beaga. Tháinig uisce lena bhfiacla ar mhéad is a bhí d'ocras orthu.

Tharraing Eibhlín Peig léi ar ghreim láimhe agus dhruid go tapa i dtreo an tsiopa a raibh na comhlaí bána ar an bhfuinneog ghorm ann. Bhí bean taobh amuigh agus buicéad uisce aici agus mapa, agus naprún mór bán uirthi.

Bhí Peig ag dul as a craiceann le lúcháir.

"An bean de chuid aintíní Mham í sin?" ar sise de chogar.

Ní raibh Eibhlín cinnte, agus dhruid sí anonn go faichilleach leis an mbean, a bhí ag ní leac an dorais agus an chosáin taobh amuigh den siopa. Thiontaigh an bhean agus thug faoi deara iad.

"Greadaigí libh, a ghramaisc! Níl dada le fáil anseo.

Bainigí as, a deirim, nó cuirfidh mé fios ar na saigh-
diúirí!"

"Muidne na Drisceolaigh, " arsa Eibhlín, ag tosú agus
ag insint di. "Eibhlín agus Micheál agus Peig. Clann
Mhairéad Ní Mhurchú as Droim an Eich."

Chuir an bhean na súile tríothu. "Dheamhan a miste
liomsa cér díobh sibh. Níl aithne agam oraibh cibé ar
bith. Bígí ag imeacht anois. I dteach na mbocht nó ag
siúl na mbóithre ba chóir bhur leithéid a bheith."

Thit croí Eibhlín.

Bhí Peig ina staic ansin, í ag amharc díreach roimpi.
Bhí na deora móra ag cruinniú ina súile. "Ní tusa ár
n-aintín," ar sise.

Chroith an bhean a ceann agus chas uathu gur lean
lena cuid níocháin, gan a thuilleadh airde aici orthu.
Chuaigh Eibhlín a fhad léi arís.

"A bhean chóir," ar sise, "ar chuala tú riamh faoi
mhuintir Mhurchú Dhroim an Eich? Deirfiúracha lenár
seanmháthair iad, Nóra agus Léan. Bheidís anonn go
maith in aois faoi seo. Bhí siopa acu, siopa báicéireachta.
Ar chuala tú trácht orthu riamh?"

Leag an bhean uaithi an mapa, shiúil go cúinne na
sráide agus dhírigh méar ar cheann íochtarach na
príomhshráide.

"Tá lána ansin i leataobh ó chearnóg an mhargaidh.
Lána an Mhargaidh a thugtar air. Bhíodh siopa ansin lá

den saol ag beirt seanbhan. Féadann sibh fiafraí ansin."

Thiontaigh sí ar a sáil agus shiúil ar ais mar nach mbeadh sí ag iarraidh a thuilleadh comhrá a dhéanamh leo. D'ardaigh sí léi an buicéad agus an mapa agus dhún an doras go daingean ina diaidh.

Sheas na páistí ansin ina stangairí. Bhí an baile ag líonadh isteach. Trasna na sráide leo gur bhain amach Lána an Mhargaidh. Shiúil siad an lána ó cheann ceann, faoi dhó. Ní raibh rian ar bith de shiopa na n-aintíní ann. Bhí stáblaí ann, agus siopa ceannaí ghearr a dúnadh fadó, de réir cuma, agus ansin taobh leis chonaic siad an teach agus báfhuinneog bheag air. Bhí an phéint ag sceitheadh de, agus salachar bailithe thart faoin doras. D'fhéadfadh sé gur siopa a bhí ann tráth.

Bhí Eibhlín chun bualadh ar an doras, agus bhí a sáith iontais uirthu nuair a d'oscail sé roimpi. Chaolaigh siad isteach i seomra gruama a raibh cuntar adhmaid ag rith trasna air á roinnt ina dhá leath. Taobh thiar den chuntar bhí sraitheanna de phrócaí suibhe agus torthaí leasaithe, iad faoi screamh dheannaigh. Ní féidir gurb é seo an áit, arsa Eibhlín ina haigne féin. Ní hé seo an siopa glan gnóthach a bhíodh ag cur thar maoil le custaiméirí lá aonaigh is margaidh. Dhruid an t-éadóchas thart uirthi.

Bhí na súile ag éirí mór i gceann Pheig agus í ag amharc thart. "Níl cístí ná pióga anseo!" ar sise. "Cá bhfuil siad?"

Rinne Eibhlín iarracht í a chiúnú. Leis sin nocht an tseanbhean as cúl cuirtín throim taobh thiar den chuntar. Bhí sí crom le haois agus a coiscéim mall. Bhí a cuid gruaige báine cuachta go néata ar chúl a muiníl. Ghearr sí fíor na croise uirthi féin nuair a chonaic sí na páistí.

"A rudaí bochta gortacha, níl aon rud agam daoibh. Buailigí suas an baile agus b'fhéidir go bhfaighidh sibh cabhair bheag éigin ansin. Cá bhfuil bhur n-athair is bhur máthair agus gur lig siad amach sibh le bheith ag straeireacht thart mar sin?"

"A Aint Léan," arsa Eibhlín de ghuth creathach.

Baineadh siar as an tseanbhean. D'fhéach sí go grinn ar na páistí. Ba gheall le cnámharlaigh iad, gan pioc feola orthu. Bhí an buachaill faoi bhrat salachair uilig agus ba dhóigh leat ar an rud óg go leagfadh puth ghaoithe í. Agus an ghirseach ba shine, bhí cuma anchaite uirthi. Chroith an tseanbhean a cloigeann. Nach mairg a bheadh beo ar na saolta uafásacha seo.

"A Aint Léan," arsa Eibhlín arís, "is seanaintín dúinn thú. Muidne clann Sheáin Uí Dhrisceoil agus Mhairéad. Mise Eibhlín, agus seo Micheál agus sin ár ndeirfiúr bheag Peig."

Mhair an tseanbhean ag stánadh orthu agus a béal ar leathadh. Tharraing sí chuici cathaoir agus bhuail fúithi. D'amharc sí orthu. Bhí cosúlacht ag an ngirseach ba shine le Mairéad, lena máthair. Ach thógfá ina mbacaigh iad, nó ina bpáistí ó theach na mbocht.

"Mise Léan Ní Mhurchú," ar sise.

"Cá bhfuil an bhean eile?" arsa Peig dá guth caol ard.

"Ó, mo dheirfiúr Nóra atá i gceist agat. Tá sí thuas sa leaba. Níl sí róláidir agus bíonn uirthi a suaimhneas a dhéanamh."

Dhruid Peig chun tosaigh agus shín an triopall de bhláthanna sleabhctha salacha chuig a seanaintín. Bhris a gáire ar Léan.

"Ní bhfuair mise riamh císte reoáin agus sailchuacha siúcra ar a bharr," arsa Peig.

D'amharc an tseanbhean orthu. Bhí sé ionann is dochreidte aici go mbeadh gaol aici féin leis na gioblacháin bheaga seo. Bhí siad caillte leis an ocras, de réir cosúlachta, agus iad marbh tuirseach. Caithfidh gur tháinig siad turas fada.

Thug sí isteach chun na cistine iad, agus chuir ina suí iad. Chuir sí an citeal síos agus leag chucu arán geal friseáilte, agus próca den tsubh phlumaí ab fhearr a bhí aici. Bheadh am go leor ann ar ball leis an scéal uilig a chluinstin, agus a fháil amach cad é a d'imigh ar Sheán agus ar Mhairéad, ach ba é an chéad ghá greim a chur ar a ngoile sula dtitfidís as a chéile leis an ocras. Tháinig an cnag ar an urlár thuas staighre.

An deirfiúr sin agam, arsa Léan léi féin, bíonn rud éigin uaithi i gcónaí. Ach is ort a bheidh an t-iontas, a

Nóra Ní Mhurchú, nuair a chluinfeas tú cé tá ina suí anseo sa chúlchistin againn féin, agus an scéal atá le hinsint acu!

Chaith Eibhlín súil thart. Bhí an áit sean, agus ba chomaoin air brat péint a chur air, ach ina dhiaidh sin bhí sé glan, sciobalta. Bhí seilf amháin lán de ghréithe, agus seilf eile lán de phrócaí de gach sórt agus de mhiasa báicéireachta. Bhí siad i measc a ndaoine féin — b'in an rud ba thábhachtaí. Ba é a dóchas is a huchtach go ligfí dóibh fanacht. Leis sin chualathas an fothram sa seomra in airde, mar a bheadh duine an-chorraithe faoi rud éigin, agus ansin an choiscéim throm ag teacht anuas an staighre adhmaid. Nocht bean mhór phlucach ag bun an staighre, léine de fhlainnín gorm uirthi agus seál liath, agus a gruaig chatach liath scaoilte thar a guaillí. Bhí tuilleadh is a sáith iontais uirthi nuair a chonaic sí na páistí.

"An as do mheabhair atá tú, a Léan, agus scata bacach a ligean isteach sa chistin againn? Tá a fhios ag an lá go bhfuilimid gearr go leor i mbia mar atá — agus b'fhéidir an fiabhras a theacht orainn as a dheireadh. Tógaigí oraibh as seo, a smuilcíní gan mhúineadh, agus gan a bheith ag teacht i dtír ar bhoige seanmhná!" Bhí Nóra réidh ag caint.

"Nach n-éistfeá, a Nóra, agus guaim a chur ort féin. Seo clann Mhairéad, garpháistí Mháire Rua — tá gaol na gcnámh acu linn," arsa Léan go leathghiorraisc.

Dhruid Nóra leo gur ghrinnigh go géar iad. Bhí cuma an-chaite orthu, agus screamh shalachair orthu ach ina dhiaidh sin is uile — sea, bhí na cosúlachtaí ann. Bhuail sí fúithi de phleist ar sheanchathaoir stuáilte agus d'fháisc a seál thairsti.

"Cá has ar tháinig sibh? Nó cá bhfuil Mairéad?" Bhí sí ag radadh na gceisteanna chucu. Anonn le Léan gur thosaigh ag giobadh uirthi.

"Nach ligfeá dóibh bolgam tae a ól ar dtús? Nach bhfeiceann tú, a bhean, go bhfuil na páistí bochta sáraithe amach?"

Chuaigh na páistí ag súimíneacht ar an tae milis bainniúil te, iad ag pulcadh an aráin faoi shlaod suibhe isteach ina mbéal nó go raibh deireadh an bhuilín caite. Bhí an dá aintín ina suí ansin ag amharc orthu, gan dada a rá, ach gach bean acu ag meabhrú di féin.

Nuair a bhí a gcuid déanta ag na páistí, chaith Léan cúpla fód eile móna ar an tine. Rith Peig chuici gur shuigh ar a glúin, agus thosaigh Eibhlín agus Micheál ar an scéal — mar a chuaigh Daid ag obair ar na bóithre, agus Bríd bheag a fháil bháis, agus Mam a imeacht ag iarraidh teacht ar Dhaid, mar a bhí orthu féin an teach a fhágáil, agus a chineálta is a bhí Cáit Mhór leo. Aoibhneas na tíre agus an síorchuardach bia. Agus na huafáis a chonaic siad faoi bhealach. An lasadh fiabhrais a bhí ar Pheig, agus an chloíteacht agus an anró a ghabh leis an siúl fada, agus mar a tháinig siad faoi dheireadh go Lána an Mhargaidh. Nuair a d'amharc Eibhlín suas, bhí an dá aintín ag séideadh a sróine agus ag triomú a gcuid súl.

"Bhuel, a stóiríní, fad bhur dtroighe ní bhogfaidh sibh as seo fad a bheas mé féin agus Nóra ann. Níl an oiread sin de mhaoin an tsaoil againn, mar is léir daoibh, ach tá áras againn dár ndaoine féin, agus b'fhéidir i gceann na haimsire go seolfaidh an tAthair Síoraí Mairéad nó Seán anseo ar bhur dtuairisc."

Bhí Léan ar a cosa, agus a dhá láimh sínte amach chucu. Chaith Eibhlín an imní di faoi dheireadh, anois ó bhí a fhios aici nár bhaol dóibh feasta agus iad istigh le Léan agus Nóra. Ach d'aithin sí san am céanna go mbeadh a gcroí is a n-anam ceangailte go deo sa bhothán ceann tuí úd a raibh an dá leac taobh amuigh de, agus an garraí beag taobh leis a scaoileadh le fiántas, agus na páirceanna ina thimpeall, agus siosarnach na gaoithe sa sceach mhór gheal.

STAIR ACHOMAIR AN GHORTA MHÓIR
1845–1850

Díreach roimh an nGorta Mór, bhí bunús mhuintir na hÉireann beo bocht, an-bhocht go deo. Níor leo féin an talamh a mbídís ina gcónaí air agus iad á shaothrú.

I mbotháin nó i gcróite beaga a bhí cónaí orthu, agus iad plódaithe, salach. Bhíodh gabháltais bheaga in aice na dtithe acu lena gcuid féin bia a fhás. Bhí prátaí á bhfás i ngach áit sa tír, mar is iad is troime a thugadh toradh uathu. Ar phrátaí is bhainne is mó a bhí a seasamh, ach ba leor sin leis an dé a choinneáil iontu.

I samhradh na bliana 1845, i ndiaidh tréimhse fada fliuchrais, nuair a chuaigh na daoine ag baint na bprátaí — níorbh iontas go dtí é — bhí aicíd ar na prátaí agus iad ag lobhadh sa talamh. Ba chuma cad a dhéanfaidís, bhí na prátaí go léir iompaithe ina bpráib agus ina bpuiteach. Leath an aicíd ar fud na tíre.

Bhí na daoine ag guí Dé fóirithint orthu. Bhí gorta orthu. B'éigean dóibh gach aon seift a fhéáchaint. Bhídís ag cnuasach a gcoda aon áit a mbeadh sin le fáil, agus ag díol a raibh sa saol acu. Fágadh a mbunús faoi ocras.

Bhí barra eile go leor ann, ach bhí a mórchuid sin le díol agus le cur thar lear. Ní raibh luach an bhia ag daoine. B'éigean don rialtas lastaí de mhin bhuí a thabhairt isteach sa tír. Ach níor leor é.

Taobh istigh de bhliain bhí oibreacha móra poiblí sa siúl.

Cuireadh daoine ag déanamh bóithre agus ag réiteach talún agus mar sin de. Bhí an obair crua ag daoine a bhí lag cheana féin ón ocras agus ón droch-chothú, ach ba ghléas saothraithe airgid é.

An dream nach raibh áras ná áit acu ná greim a mbéil féin, phlódaigh siad isteach i dtithe na mbocht, mar a raibh an saol dian agus rialacha dochta i bhfeidhm.

Bhí tiarnaí talún ann a rinne a ndícheall ar son a gcuid tionóntaí, agus tuilleadh nach ndearna den chás ach neamhshuim. An dream ba mheasa ar fad iad siúd a chuireadh a dtionóntaí ar dhroim an bhealaigh mhóir agus a gcuid cróite a leagan orthu mura n-éireodh leo an cíos a fháil.

Faoi dheireadh an tsamhraidh 1846 ba léir go raibh na prátaí tar éis meath arís. Bhí na daoine ar an anás ar fad. Bhí cuid mhór acu a thug an bóthar orthu féin. Bhí na hoibreacha poiblí plódaithe, agus ba mhinic clampar is círéib taobh amuigh de theach na mbocht agus daoine ag iarraidh dul isteach ann.

Agus bhí aicídí ag gabháil leis an ocras — an fiabhras athfhillteach, an fiabhras dubh, an dinnireacht. Leath siad sin go tapa i measc an phobail lagaithe.

Bhí an bás ag siúl na tíre. Bhíodh daoine ag fáil bháis chomh tiubh sin nach raibh dul ag na húdaráis cuntas a choinneáil orthu, agus b'éigean uaigheanna móra comónta a oscailt. Cuireadh tithe brat ar bun, ach fós féin bhí an bás agus an fiabhras ag réabadh tríd an tír.

Ba é an scéal céanna é bliain i ndiaidh bliana. Ó 1847 amach thug tuairim is milliún duine, idir fhir, mhná agus pháistí, aghaidh ar Learpholl agus ar an Oileán Úr. Fuair go leor acu bás ar an turas fada anróiteach thar farraige, agus an méid a tháinig tríd, bhí streachailt chrua acu lena mbeatha a shaothrú thall.

An méid a d'fhan sa bhaile, bhí geimhreadh na bliana 1847-48 ar na cinn is measa dár tháinig riamh. Mar bharr ar an donas thit an dubh ar na prátaí i bhfómhar na bliana 1948, agus arís i 1949. Bhí daoine ag fáil bháis ar fud an bhaill, ar thaobh an bhóthair, sna sráideanna, sna tithe agus sna páirceanna. Cailleadh tuairim is milliún duine san iomlán. I dtír bheag mar Éire, ba mhór an sciar den phobal é sin.

An méid a bhain an tOileán Úr amach, chaith siad a gcuid fuinnimh agus misniúlachta agus dóchais ar mhaithe lena dtír nua. Agus na daoine a fágadh sa bhaile, rinne siad streachailt mhór le teacht tríd agus an tír a atógáil sa dóigh is nach dtitfeadh a leithéid de thubaist

Gluais

in abar greamaithe, gafa

achrannach (talamh) garbh, clochach

aclaí lúfar, gasta éadrom

aicíd galar

aigeanta beoga, anamúil

aimhréidh trí chéile, in achrann

an t-aimsiú cumas chun rud a aimsiú nó a bhualadh

ainchleachta as cleachtadh, gan chleachtadh

ainnise droch-chaoi, bochtaineacht

aisteach ait, iontach, greannmhar

an rud is aistí an rud is iontaí, is greannmhaire

aistear turas

aisteoir duine a bhíonn páirteach i ndrámaí

le haithint le tabhairt faoi deara

ál clann éin nó ainmhí

amas a thabhairt air féachaint le hé a aimsiú nó a bhualadh

thug sé in amhail rinne mar a bheadh sé chun (rud a dhéanamh)

amharc[1] féach, breathnaigh

amharc[2] féachaint

amharc súl de dhaoine slua mór

amscaí míshlachtmhar, trí chéile

anró cruatan

ab ansa le ab fhearr le

aoibh cuma an-sásta, gáire

ina haonar léi féin

ina haraicis ina treo, ina cosán

araon an dá rud, etc., in éineacht

ard a cúrsa an pointe is airde ina cúrsa trasna na spéire

babaí naíonán, leanbh an-óg

bacstaí sórt císte déanta as prátaí

bagairt rud a rá nó a dhéanamh le heagla a chur ar dhuine; ardú go bagrach

bagrach scanrúil, a chuirfeadh eagla ort

bailiú leat imeacht leat

a bhain dó a tharla dó

baineadh siar as baineadh stad as le hiontas, etc.

baineadh glan dá cosa í tógadh glan ó thalamh í

baitsiléir fear nár phós riamh

ar ball i gceann tamaill bhig

bánaí peataireacht, cuimilt láimhe (ar ainmhí, etc.)

baol contúirt

baol orthu (ní raibh) seans ar bith

barróg a bhreith lámha a chur thart go grámhar ar dhuine

barúil tuairim

an bás aici í ag fáil bháis

bascaed ciseán

bearnach lán bearnaí

beartaithe i gceist le déanamh

beathaitheach (bia) a mbeadh brí is neart ann

beirfean teocht ard, teas mór

beithígh eallach, ba, etc.

a mbeo a mbeatha

níl a fhios agam beo níl a fhios agam ar chor ar bith

go beo go tapa

beochán tine bheag chroíúil

béal íochtair liopa íochtarach

binn an tí taobh an tí chomh fada suas leis an díon

ar bís le ag súil go mór le, ag tnúth le

biseach feabhas i sláinte, leigheas

bladhm lasair

go bladrach go milis mealltach

blonag an chuid bhán mhéith den fheoil

bobáil bheith ag cromadh do chinn agus á ardú arís

bogadh siar druidim siar píosa

bogha fáinne, ciorcal

bogthe sórt te

boinéad hata bog agus péac air

boiseog lán boise, beagán

bolgam beagán nó lán béil (de dheoch)

bonnóga cístí beaga milse

borradh fás, dul i méid

boschrann barra beag iarainn ar dhoras le bualadh air

brachán leite

dul thar bráid dul thart nó thar

braite acu faoina súil, feicthe acu

ag déanamh braoin ag bailiú oilc (stuif bhuí)

brat[1] anraith

brat[2] cóta nó clúdach

bratóga seanéadaí stróicthe salacha

breac iasc

breac le lán le, clúdaithe le

breochloch cloch thine

bréid ceirt a cheanglófaí ar chneá

briosc furasta a bhriseadh

ní maith liom bhur mbris ní maith liom bhur gcaill (comhbhróin ar bhás duine)

brocach salach

brosna ábhar tine, adhmad, etc.

bróis anraith déanta ar mhin choirce

rud a bhrú fút é a choinneáil istigh, gan a thabhairt le fios

bruith fiuchadh, téamh

buachaill báire cleasaí

buaile áit a mbíodh ba ar féarach sa samhradh

buailte suas le (duine) tinn, breoite le; (bád) ceangailte le

bualadh fút suí (síos)

buan gan stad

cad ba bhun leis cad ba chúis leis

bunadh pobal, muintir

bunús formhór

cabhsa cosán

cadránta crua, dian

caifeach an-réidh chun airgead a chaitheamh

cailleach dhearg bláth fiáin, *poppy*

cailleadh í fuair sí bás

(duine) caite tanaí, lom

caitheamh a bheith ort tinneas aigne nó buairt a bheith ort

cáithníní mothú mar a bheadh gráinní (ar do chraiceann)

calafort cuan, port

cancrach crosta, gearánach

caointeach gearánach, mar a bheifí ag caoineadh

caol díreach gan aon mhoill, láithreach bonn

caolú isteach dul isteach le deacracht

caorán fód beag móna

carn cnoc beag

carr sleamhnáin cairt gan rothaí faoi a shleamhnódh ar an talamh

catach lán lúb agus castaí

cealgadh (beach, etc.) ga a chur ionat

ceann a bhaint den scéal tosú ar an scéal

ceann a chur ar tús a chur le (paidreacha)

ceann cipín duine gan chiall

i gceann a súl ag cruinniú ina súile

i gceann na haimsire ar ball

ceannaí gearr ceannaí a dhíolfadh earraí leis na siopaí, *wholesaler*

i gceannas ar os cionn

ceantar an tír timpeall

ceapóg leaba bhláthanna, etc.

ina chéas greamaithe dá chéile

ceilt cur i bhfolach, clúdach

ceirt stiall nó píosa éadaigh

cian mothú bróin nó uaignis

ó chian is ó chóngar as gach cearn den tír

cibé ar bith ar aon nós, pé scéal é

cineálta carthanach, maith, cabhrach

cinnireacht siúl roimh chapall á threorú

cíocras ocras, saint chun bia

ciotaí bac, rud a choinneodh siar thú

cladhaire rógaire

claibín clúdach ar bharr próca, etc.

claimhe galar craicinn, *mange*

clampa carn beag d'fhóda móna; roinnt crann ag fás le chéile

claon fána

claonadh cromadh (ag aontú nó ag ceadú ruda)

clapsholas deireadh an lae, roimh lándorchadas

cliabh[1] bascaed le haghaidh móna

cliabh[2] ucht

cliabhrach ucht

clog spuaic, craiceann cuimilte tinn

cloigeann ceann

cloíte lag tuirseach

cluin clois

cluinstin cloisteáil

clúid áit theolaí cois na tine

clúiteach cáiliúil, mór le rá, ainmiúil

ina cnap ina tromchodladh

cnead chráite/chaointe geoin a ligfí le pian, brón, etc.

cneas craiceann

cneasú craiceann a theacht ar chneá

cnuasach (tíre) cnónna, caora, muisiriúin, etc., a bhailiú

cogarnach caint (os) íseal

coim básta, lár duine

coimhéad faire

coimhthíoch strainséartha, ainchleachta

coinneáil ort leanúint ort

rud a choinneáil le duine rud a chur ar fáil dó i rith an ama

coinnle ar radharc duine lasadh ina shúile

coire pota an-mhór

colainn corp

colpa an chuid ramhar den chois ón nglúin síos

colúr éan coille, *pigeon* ina chompal timpeallaithe aige

contráilte mícheart

cor bogadh, corraí; lúb nó casadh

cor a chur díot bogadh

gan cor a chur díot gan bogadh dá laghad a dhéanamh

cor a chur i do shrón do shrón a chrapadh le déistin

corna beart fada caol

corr- fo-

corraí bogadh

corraí amach an teach a fhágáil

corraiceach guagach, míshocair

corraithe suaite, míshocair san aigne

cosamar bruscar gan mhaith

cothrom cóir, féaráilte

cógas deoch leighis nó ungadh

cóilis glasra cosúil le cabáiste, *cauliflower*

comaoin maise, feabhas

mar chomaoin mar bhuíochas

cóngarach gar, gairid

craos scornach

creamh luibh a chuireann blas ar bhia, *wild garlic*

creathán crith

creathanna iolra an fhocail *crith*

Críostaí an bhéil bheo duine ar bith

crithir splanc thine, drithle

do chroí a chur aníos gach rud i do ghoile a chur amach

cromadh ar tosú ar (rud a dhéanamh)

cronú (duine) a mhothú uait

cruach fóda móna ina gcnoc mór

cruinn[1] bailithe le chéile

cruinn[2] beacht, díreach

cuach chugat fáisc chugat

cuachta fillte, casta thart ar a chéile

ina chual cnámh an-tanaí, gan ann ach na cnámha

cuartaíocht dul ar cuairt (tigh comharsan)

cuibhreann gort, garraí

do chuid do bhia; an bia a bheadh uait

an chuid is fearr a dhéanamh de do dhícheall a dhéanamh leis

le cúinsí móra go sollúnta, le mórchúis

cuir chugat bí ag tarraingt (bia) chugat

chuir mé leanbh tá leanbh liom san uaigh, marbh

(bóthar) a chur díot a thaisteal, gabháil thairis

cur sa siúl tosú ag siúl nó ag taisteal

cuisleoireacht fuil a ligean

cúl (ar an tine) breis móna, etc., a chuirfí uirthi

culaithirt feisteas speisialta

cumha uaigneas

go gcumhdaí Dia sibh go gcoinní Dia slán sibh

ar chuntar ar bith ar chúis ar bith

cúntóir duine a chabhródh leat

dada rud ar bith

dáileadh roinnt, tabhairt amach

dalba dána

dallamullóg mearbhall, dul amú

a dhath rud ar bith

dathúil dóighiúil, deas

an dé an t-anam

dheamhan a miste liom is róchuma liom

déanamh as duit féin oibriú ar do shon féin gan chabhair

déanamh ar dul chuig, díriú air

deannach dusta, smúr

deannóg cúpla gráinne

dearbhú cinntiú

deifriú brostú

deilgneach lán dealg

deimhin cinnte

déistin fonn urlacain, samhnas

go deo go brách, choíche; ar fad

diallait suíochán ar dhroim capaill

dias gráinne nó craobh arbhair

dídean bheith istigh, áit shábháilte le fanacht

dílleachtlann áit do leanaí a mbeadh a dtuismitheoirí marbh

i ndíol ruda mar íocaíocht ar rud

go diongbháilte go daingean teann

dlúth le cóngarach do

dochreidte deachair a chreidiúint

dóchúil ceart de réir cosúlachta

doiligh deacair

tá an donas air tá sé uafásach

doras a dhalladh teacht isteach nó seasamh sa doras

dornán beagán, roinnt bheag

dorr(aíl) fuaim a dhéanann madra agus é crosta

dorú líne agus duán air

dos(án) lán láimhe (de luibh, etc.)

ag drantán ag portaireacht, ag ceol

dreach cuma, féachaint

dreas tamall

dris chumhra rós fiáin drithlíní mothú mar a bheadh priocadh ann

droch-chinniúint mí-ádh, timpiste

dronn stua, droim

dual loca beag gruaige

dubh dóite tinn tuirseach (de rud)

dúghlas glas dorcha

dúiche an tír timpeall

ag dúil le ag súil go mór le

dúil a bheith agat i nduine bheith ceanúil air

duilliúr duilleoga

dul amach tuiscint (a fháil) ar

dul i gcion ort féin rud a chur i gciall duit féin

dul in éadroime éirí níos éadroime

in éadan in aghaidh, i gcoinne

(am) eadra faoi lár na maidine

is eagal liom tá eagla orm

éagaoin(eadh) geonaíl, gol

eallach ba

eidheann planda a ghreamaíonn de bhalla, *ivy*

ar éigean le dua, díreach oiread agus is fiú a rá

ag éileamh ag iarraidh rud (agus gan é le fáil)

is eol dóibh é tá siad eolach air

as a n-eolas in áit nach raibh siad eolach air

a fhad le chomh fada le

faoi fhad scairte de chomh gar is go gcluinfí é ag scairteadh

b'fhada leo mhothaigh siad fada é

faichilleach cúramach

fail¹ cró eallaigh

fail² snag nó stad san anáil

fairsing leathan

fáisc ceangail nó tarraingt go teann

faiteadh preabadh (na súl)

faoi choinne le haghaidh, i gcomhair

faoi réir réidh

faoiseamh éalú ó bhuairt, suaimhneas tar éis imní

faraoir mo bhrón!

feá cineál crainn, *beech*

feasta as sin/seo amach

feileastram bláth fada caol, *iris*

féithleann bláth cumhra *woodbine, honeysuckle*

fiartha cam, claonta

cá bhfios ná ní fios nach; b'fhéidir go

flúirse a lán

fógairt a rá go teann os ard

fóill ort fan, stad

go fóill fós, go dtí seo/sin

fóirithint ar cuidiú le

fonn¹ port ceoil, amhrán

fonn² mian (chun rud a dhéanamh)

foscadh fothain, scáil nó cosaint

i bhfostú greamaithe

go fuadrach faoi dheifir nó faoi bhrú

bhí fuar aige níl raibh maith ann dó

fuarchaoineadh caoineadh gan deora

fuascailt scaoileadh saor

fuinneamh beocht agus neart

fuíoll (bia) an méid a bheadh fágtha (i ndiaidh béile)

fulaingt cur suas le rud (go foighneach)

ga seá saothar anála, pian ó bheith ag rith

gabhlach a mbeadh gabhal nó forc ann

gaisce rud iontach a dhéanfadh duine

galach an-te agus gal ag éirí as

gan ann gan an cumas ann (le rud a dhéanamh)

ar na gaobhair in aice láimhe

gar¹ cóngarach

in aon ghar do cóngarach ar chor ar bith do

gar² gníomh cineálta, maitheas

ní raibh gar ann ní raibh maith ar bith ann

in áit na garaíochta san áit cheart le maitheas a dhéanamh

garg an-láidir, géar

garrán clampa crann

géag brainse (crainn); cos nó lámh duine

i ngeall le beagnach, ionann is

ag gearán leo ag gearán an t-am ar fad

gearb craiceann crua ar chneá

de gheit de phreab, go tobann

geoin glór íseal caointeach

geonaíl glór íseal a chuirfeadh pian nó míchompord in iúl

ag giobadh ag magadh go héadrom

gioblach bratógach

gioblachán duine agus seanéadaí brocacha air

gíog fuaim mar a dhéanfadh éan

giolcach plandaí arda uisce, *reeds*

gíománach cóisteoir tiománaí

giota píosa

girseach gearrchaille, cailín an-óg

giuirléidí nithe beaga nach mbeadh luachmhar ach a bheadh úsáideach

glam uaill

gnúis dreach, féachaint

ghoill sé uirthi ghortaigh sé í ina haigne

goin pian ghéar

gorta ocras mór nó tréimhse ocrais

gortach ocrach

gráin fuath, déistin

gramaisc dream gan mhaith

grástúil trócaireach, cineálta

gread leat imigh leat

greadadh bualadh (go) láidir

greadfach priocadh

grean gairbhéal, gaineamh garbh

greim (bia) beagán, lán béil

grinneall tóin abhann nó locha

grinniú breathnú go géar

gríosach luaithreach te dearg

grua leiceann, aghaidh

guaim smacht

huth is hath fuaim a dhéanfadh duine le hiontas, etc.

iarsmaí a méid a bheadh fágtha de rud

á ídiú á chaitheamh, ag dul as

cad é a d'imigh air cad a tharla dó

impíoch mar a bheifí ag guí

ag iníor ag ithe féir

íocshláinte (ar chroí) rud a leigheasfadh gach brón

is iomaí uafás feicthe agam chonaic mé a lán rudaí uafásacha

an t-iomlán gach a mbeadh ann

tú féin a iompar béasa a bheith ort, an rud ceart a dhéanamh

ar iompar léi ina lámha

iontas na gile rud a chuirfeadh iontas agus áthas ort

ísle brí drochmhisneach

go lagmhisniúil gan mórán misnigh

laiste barra beag iarainn le doras a choinneáil dúnta

láithreach bonn gan mhoill, ar an bpointe

lann scine an chuid ghéar de scian, scian gan lámh

láthair áit

léanmhar uafásach, brónach

léasacha stiallacha garbha ar
an gcraiceann
leasaithe (torthaí) a choi-
meádfaí ar sú i bpróca dúnta
ba leasc leo níor theastaigh
uathu dáiríre
ar leid ó nuair a fuarthas com-
hartha ó
leisceoir duine leisciúil nó
falsa
liach spúnóg mhór
liomóg greim beag (le do
mhéara ar dhuine eile)
líon tí muintir tí, teaghlach
líontán líon beag nó eangach
lobhadh éirí lofa
loisc dóigh
lorga an chuid chnámhach
den chos ón nglúin síos
a luaithe a chomh luath is a
luascach a bheadh ag
luascadh nó ag croitheadh sa
ghaoth
lúbarnaíl casadh, lúbadh
lúcháir áthas
luisne deirge
madra gearr madra de phór
measctha
mairgiúil léanmhar, lán bróin
maistín madra mór crosta

ar mhaithe le ar son
malartú babhtáil, rud a thab-
hairt in áit ruda eile
mall déanach
mám lán láimhe de rud
bhí maolaithe ar an bpian
bhí an phian tar éis maolú nó
ísliú
maor stíobhard
meáite ar socair i d'intinn ar
rud
mealladh súl mearbhall, dear-
mad a rinne an tsúil
mealltach aoibhinn,
tarraingteach
meantán gorm éan beag,
bluetit
mearaithe ar mire le fearg,
ocras, etc.
mearóg glasra mór súmhar,
marrow
meill craiceann scaoilte faoin
smig nó faoin muineál
meirbhe teas trom
meitheal foireann oibrithe
millteanach uafásach
mí-ámharach míshona, mí-
ádhúil
míchéadfach caointeach,
míshásta

mílítheach bán san aghaidh

míogarnach codladh go
héadrom

míolta feithidí beaga i
ngruaig, *headlice*

ar mire go tapa tréan, ar buile

ba mhithid dóibh bhí sé in
am dóibh

monabhar caint (go h)íseal

mór le chéile cairdiúil le
chéile

**a mhór a dhéanamh de
dhuine** cúram mór a thabhairt
dó, gach rud a dhéanamh dó

mórtasach bródúil

múchta (fuaim) maolaithe,
balbh

muid sinn

muine sceacha ag fás le chéile

muintir Chonchúir, etc. an
teaghlach dar sloinne Ó Con-
chúir, etc.

muirneach grámhar

**ar mhullach a chéile ar
bharr a chéile**

múscail dúisigh

néal codladh éadrom nó gairid

nochtadh teacht i láthair;
(réaltaí) teacht amach

oiread de rud an méid de

olagón gol is gearán

is oth liom é tá brón orm faoi

pánaí ainmhí nó iasc breá mór
d'aon sórt

pardóg cliabh mór le
haghaidh móna a bhíonn ar an
asal

Parthas Neamh, na Flaithis

a phleidhce a amadáin

plobaireacht caoineadh agus
gearán(ag leanbh)

plódaithe lán ar fad

pluc[1] sonc nó brú (le d'uillinn)

pluc[2] an chuid ramhar den
aghaidh

pludar láib

pluid blaincéad

polláirí poill sróine, gaosáin

preabadach preabadh,
léimneach

préachta an-fhuar ar fad,
reoite

prompa ceathrú dheiridh
ainmhí, *rump*

pulcadh brú

puth anáil ghaoithe

racán gleo

racht taom láidir goil, gáire,
etc.

radadh caitheamh go tiubh nó go tapa

ráfla scéal nach mbeadh go hiomlán inchreidte

réabadh pléascadh

réitigh glan, cuir slacht nó caoi ar; scaoil saor

réitithe le réidh le, glan ó

gach aon duine riamh gach uile dhuine

rian lorg, marc

riar cúpla lá an méid a mhairfeadh cúpla lá

ribe (féir) brobh, snáithe amháin féir

righin gan bheith in ann síneadh ná lúbadh

nach rithfeadh an brat nach dtiocfadh deireadh leis

rití fuachta creathanna fuachta

is róchuma liom is cuma ar fad liom

a rogha rud aon rud is maith leis

de rois (ag labhairt) go tapa

rós piaine bláth gairdín, *peony rose*

rosta caol na láimhe

ruainne beagán, gráinnín

de rúid de rith

rúnta pleananna

sailchuach bláth beag corcra, *violet*

saileach crann a fhásann cois uisce, *willow*

saillte curtha ar shalann

sáinneofar muid beimid greamaithe

sáinnithe gafa, gan bealach éalaithe

samhnas iompú goile, mothú déistine

saothar anála análú le dua ó bheith ag rith, etc.

sáraithe (amach) antuirseach, traochta

scafa nochta, lánoscailte

scaimh a chur ort féin na fiacla a nochtadh

scairbh áit a mbeadh an t-uisce éadomhain agus an grinneall le feiceáil

scaird[1] brúcht, steall amach

scaird[2] tuile, sruth láidir

scairt béic

scallta an-chaite, gan ann ach na cnámha

scalta an-te ar fad

scaoll scanradh

scaoth ál, scata

scar (ar an talamh) leath nó spréigh amach

sceadamán scornach

scéala nuacht, tuairisc

sceilp buille éadrom

sceitheadh¹ urlacan, cur amach

sceitheadh² teacht de; titim as a chéile

scéin scanradh, féachaint scáfar

sciar cuid

sciathán eite éin; lámh duine ó mhéara go gualainn

sciatháin áthais áthas mór

sciobalta slachtmhar

scólta dóite, cráite

scoth girsí girseach an-mhaith

scrabh gearradh beag

screamh brat nó cóta

seagal cineál arbhair, *rye*
do sheal d'áit nó do dheis féin i scuaine, etc.

gach duine ar a seal duine ar dhuine

seamair planda cosúil le seamróg, *clover*

searbhónta oibrí, seirbhíseach

seargtha feoite, lofa

searradh síneadh a bhainfeá as do sciatháin, etc.

seasamh (aimsir) leanúint ar aghaidh, gan athrú

seascair teolaí, compordach agus tirim

ag séideadh ag análú le saothar mór

séidte ata, lasta nó dearg

seift plean

sileadh rith

ar sileadh léi (gruaig) scaoilte síos léi

ar shiúl imithe

slaod brat nó clúdach tiubh

sleabhctha cromtha, lag, gan bhrí

slí spás, fairsinge

ar shlí na fírinne marbh

slog an méid a d'ólfá d'aon iarraidh amháin

slogadh ól siar go tapa

slogóg slog

slogtha siar tite i bhfad siar

smál spota salach

smaois smuga, sileadh

smearadh beagán, an méid a chuimleofá de do mhéar, etc.

smeartha salach, gréisceach

sméideadh comhartha a dhéanamh le do cheann, etc.

smid fuaim nó focal dá laghad

smuilc cuma mhíshásta

smuilcíní páistí dána

smután píosa adhmaid, etc.

snag stad sa chaint nó san anáil

sneá uibheacha beaga i ngruaig duine, *nits*

sochraid cruinniú etc., chun corp a chur san uaigh

soipriú tú féin a shocrú go compordach

sollúnta an-dáiríre

sonc brú nó sá beag

a spailpíní a rógairí

spalladh teas nó triomacht an-mhór

ag spalpadh ag scaladh, ag soilsiú go te

spíonán toradh beag glas, *gooseberry*

spíonlach duilleoga deilgneacha ó chrann giúise, etc.

ag spochadh as ag magadh faoi

spreasán cipín, craobh crainn

spriolladh neart agus brí

spriúchadh sórt tachtadh le linn slogadh

spruigeáil bróidnéireacht

sracadh tarraingt

sráideog leaba bheag déanta as tuí

srathnú móin a spré amach le triomú

sreabh sruth caol, sileadh

stacán carraig ard chaol ina seasamh léi féin

ina staic gan bogadh ná labhairt

stangadh stad tobann (le hiontas, eagla, etc.)

ina stangaire ina staic, gan bogadh

stálaithe (arán) sean, imithe crua

stánadh breathnú le hiontas, eagla, etc.

stiall stríoc (nó píosa) fada caol

stiúgadh bás a fháil

a stóirín a ghrá, a rún

stolptha crua tirim

a stór a ghrá, a rún

stóras stór nó siopa mór

straeireacht ag imeacht thart gan stiúir

streachailt tarraingt nó dul ar aghaidh le dua

stuama ciallmhar

faoi shuaimhneas gan bhuairt; marbh

suaimhniú déanamh suaimhneach, ciúnú

suairc taitneamhach, greannmhar

suairceas sonas, saol sona

suan codladh

bí i do shuí éirigh as an leaba

súimíneacht ag baint súimíní (as deoch)

suirí "siúl amach" le bean/fear, cúirtéireacht

sult sásamh, pléisiúr

suóg rian deor

sútha craobh caora milse, *raspberries*

sútha talún caora milse, *strawberries*

(áit) a thabhairt ort féin déanamh air, dul chuige

tabhairt faoi rud iarracht a thabhairt ar é a dhéanamh

taca cuidiú

(cos) i dtaca in áit dhaingean

i dtaca le maidir le, chomh fada is a bhaineas le

tachrán leanbh beag

taibhsí mar a bheadh na mairbh, beo ar éigean

i dtaisce i leataobh, sábháilte

talamh féaraigh talamh maith le haghaidh féir

taoscán cuid mhaith

tarraingt ar (áit) dul ann

(cneá) a tharraing an t-olc a ligean as

tásc ná tuairisc scéala ar bith

táthú teacht ina chéile

teallachán dornán prátaí a róstfaí sa ghríosach

téanam tar in éineacht liom, bainimis as

teannadh brú go teann; brú ar aghaidh

(éadaí) a theannadh ort a chaitheamh ort go tapa

teolaí te tirim, seascair

teolaíocht teas agus compord

ní thig leo ní féidir leo

timireacht obair éadrom a dhéanamh

tionónta duine a bhfuil teach nó talamh ar cíos aige

tiontú iompú

tiubh géar an-tapa

tiúchan éirí tiubh

tocht mothú bróin nó cumha,
gan bheith in ann labhairt le
brón, etc.
tóg bog é glac go réidh é, ná
héirigh feargach
tóg ort imigh leat
ar thóir ar lorg, ag iarraidh
tomhaisín miosúr nó póca
beag páipéir
tor crann beag íseal
go tostach gan labhairt
i dtrátha a seacht thart ar a
seacht
tréigean (áit) a fhágáil gan fil-
leadh air
trí chéile buartha, suaite san
aigne
tá ár dtriall ar táimid ag díriú
ar, ag dul chuig
triopall lán glaice (de
bhláthanna)
tuairim is thart ar
(ár d)tuairisc scéala (fúinn)
de thuairt go trom, de phleist
tuairteáil bualadh le chéile
tuilleadh breis, níos mó (bia)
**tú féin a shnaidhmeadh i
nduine** barróg a bhreith air
(féar) uaibhreach tiubh ard
láidir súmhar

uaill béic, scread
as ucht Dé oraibh impím
oraibh ar son Dé
umhlú cromadh go béasach
únfairt iompú
ungadh taos bog a úsáidtear
mar leigheas
urrúnta mór láidir
úsc sú, blonag